COLLECTION FOLIO

Emmanuèle Bernheim

Tout s'est bien passé

Gallimard

Emmanuèle Bernheim vit à Paris. Elle est également scénariste et a travaillé entre autres avec Claire Denis, François Ozon et Michel Houellebecq.

Pour Pascale

«J'arrive ! »

Je referme mon portable. Vite, je m'habille. J'attrape mon sac.

J'appelle l'ascenseur. Loin, sans doute au rez-de-chaussée, les battants métalliques grincent mollement. Je descends à pied.

Un étage, un autre. Je m'arrête net. Ça ne va pas. Le dessin du tapis est tout brouillé. Je ne distingue plus les marches, rien qu'une longue bande rouge ininterrompue. Je vais tomber. Je me cramponne à la rampe. Autour de moi tout est flou.

J'ai oublié mes verres de contact.

Je remonte.

Lentille droite. Mon doigt tremble. Lentille gauche. Je cligne des yeux. Ça y est, je vois.

L'ascenseur est là. J'appuie plusieurs fois sur le bouton « rez-de-chaussée ». Allez, allez.

Je traverse la rue sans attendre le feu rouge. Je cours vers l'avenue.

Il y a la queue à la station de taxis.

Même avec un changement, j'irai plus vite en métro.
Passe Navigo « Ding », tourniquet et portillon.
Je dévale l'escalier.
L'horloge lumineuse indique quatre minutes d'attente.
Quatre minutes.
Je vais arriver trop tard, j'en suis sûre.
Il faut gagner du temps.
Le couloir des correspondances se trouvera-t-il en tête ou en queue de train ?
J'avance sur le quai, je m'arrête, je reviens sur mes pas.
Impossible de me souvenir, pourtant je connais cette ligne par cœur.
L'avant ou l'arrière ?
La tête me tourne. Je m'assieds.
On se calme. On respire.
Une inspiration, profonde ; l'expiration, maintenant, la plus longue possible.
Encore.
Ça va mieux.
Je vérifie mon portable. Il est chargé, et – trois barres de signal – il capte.
Pourquoi Pascale ne me rappelle-t-elle pas ?
Ça y est, je me souviens : le couloir des correspondances sera en tête de train.
Debout.
Je me place au bord du quai, à la hauteur du premier wagon.
À travers mes semelles, je sens, presque aussi net-

tement que si j'étais pieds nus, les protubérances rondes et dures de la bande de sécurité destinée aux aveugles.
Si ma sœur ne me rappelle pas, c'est probablement qu'il n'y a pas lieu de s'inquiéter.
Notre père aura eu un coup de fatigue, une grosse chute de tension, rien de plus.
Sur le panneau, le « 01 » se transforme en « 00 » clignotant, le métro arrive.
Je m'assieds à côté d'un homme immense.
Signal sonore, la fermeture des portes s'enclenche.
Mon voisin entreprend aussitôt de déplier un grand plan de Paris. Il me demande, en anglais, de lui montrer où nous nous trouvons.
Le papier glacé, épais et brillant, s'étale sur mon genou.
Je pose mon doigt sur le tracé de notre ligne.
Tel un long spaghetti rose, elle traverse la carte de bas en haut, d'un tout petit cimetière à un grand dont les minuscules croix ressemblent à du pied-de-poule.
Thank you.
Le métro a pris de la vitesse.
Je ferme les yeux.
J'aurais dû m'asseoir dans le sens de la marche.
La rame tangue, me ballotte.
Quelque chose se tord dans mon estomac.
J'ai sept ou huit ans, je suis assise à l'arrière de la voiture de mon père. Toute fière qu'il m'ait demandé de le guider, j'essaie pour la première fois de déchiffrer une carte.

Je suis petite, je ne pèse pas lourd, et la banquette de la DS est si souple, si élastique que j'ai beau me cramponner à la poignée de la portière, je rebondis comme sur un trampoline. Jaunes, rouges, blanches, les routes se confondent. « Alors, à gauche ou à droite ? » Je n'en sais rien. Mon père s'impatiente, il conduit par à-coups. J'ai mal au cœur. Il faut qu'il arrête la voiture, vite. Il freine brutalement, se retourne et m'arrache la carte des mains.
Pendant que je vomis sur le bas-côté, je l'entends chantonner.
Un léger grattement me fait ouvrir les yeux.
Le bord de la carte, l'Ouest parisien, frotte contre ma cuisse.
J'observe l'étendue du bois de Boulogne, et il me semble soudain que cette grande tache verte et luisante, avec ses lacs bleus comme des yeux, est vivante et qu'elle respire au même rythme que moi.
Je me lève, pardon, et j'enjambe Paris.
La salive afflue dans ma bouche. Je plaque ma paume contre mes lèvres.
Il faut que je sorte.
Je descendrai à la prochaine station et je prendrai un taxi, et s'il n'y en a pas, je continuerai à pied, mais il faut que je sorte, vite.
Je me place devant les portières, si proche de la vitre qu'un halo de buée presque opaque se forme à la hauteur de ma bouche.

Les freins gémissent, le tunnel est moins sombre, la station approche.
La main sur le loquet, je serai la première à descendre.
Un brusque cahot et paf, mon nez heurte la vitre. Aïe.
Je me retiens à la barre verticale de la portière et m'assieds sur le strapontin. Narines, cartilage, os, je palpe mon nez. Il est douloureux mais sûrement pas cassé.
Je me laisse aller contre la paroi fraîche du wagon.
Le métro s'est arrêté. Des voyageurs descendent, d'autres montent. Je ne bouge pas.
Mon mal au cœur a disparu.
Nous repartons.
Cette fois, je suis dans le sens de la marche. Le roulis est doux.
Je sors mon portable. Plus que deux barres de signal, tandis que nous nous enfonçons dans le tunnel.
S'il s'était passé quoi que ce soit, Pascale m'aurait appelée.
Je fixe un instant les traits minuscules, presque des points, et l'écran se met en veille.
Noir.

Un coup sur le genou me fait sursauter. Une valise à roulettes. Les stations ont passé, et la rame s'est remplie sans que je m'en rende compte. Peut-être me suis-je endormie.

Je me lève, le strapontin se rabat derrière moi. J'ai la soudaine sensation que mon nez est brûlant. S'il est si chaud, il doit être rouge. Et enflé. Je n'ai pas de miroir dans mon sac. Tout à l'heure, je suis partie si vite que je n'ai rien emporté.
Je m'entrevois dans le métal de la barre verticale. Le cylindre chromé me renvoie le reflet déformé d'un gigantesque pif.
Je souris.
Après que j'ai pour la première fois participé à une émission de télévision, mon père m'a téléphoné. Il m'a félicitée, avant d'ajouter que si jamais je souhaitais me faire refaire le nez, il m'offrirait *volontiers* l'opération.

Je suis la première à m'engager dans le couloir des correspondances. Je sens déjà l'odeur du café du distributeur de boissons, là-bas, à droite. Je cours presque. Ce matin, je n'ai eu le temps de rien avaler. J'ai de la monnaie.
Café. Long. Sucré.
Il est bouillant, je le boirai plus tard.
Le métro arrive. Je m'assieds.
Je regarde autour de moi. Je vois des hommes en short, des femmes aux bras nus, et je prends conscience de mes bras à moi que recouvrent les longues manches de lainage noir d'un pull-over attrapé au hasard et enfilé en vitesse.
Aussitôt, j'ai trop chaud.
Et la seule vue de ce café fumant me donne plus chaud encore.

Allez hop, je l'avale d'une traite.
À mesure que le gobelet se vide, mon corps tout entier – bouche, œsophage, estomac, jusqu'aux jambes – devient brûlant.
Je transpire contre le skaï du siège.
La femme assise à côté de moi se lève brusquement.
Est-ce à cause de la chaleur que je dégage ?
Mon portable, moite, glisse dans ma main.
Ma sœur ne m'appellera pas, j'en suis certaine.
Il y a des choses qu'elle ne m'annoncerait pas au téléphone, des mots qu'elle ne prononcerait pas, l'appareil plaqué contre l'oreille, les lèvres dans le vide.

Elle attend que je sois là. Je la verrai venir à ma rencontre dans le couloir du service des urgences. Elle n'aura pas besoin de parler. À sa tête légèrement penchée, à son pauvre sourire, je comprendrai.
Je lui ouvrirai les bras, je serrerai contre moi son corps mince et dense, et nous pleurerons ensemble.
Je me lève.
Le tunnel s'élargit. La lumière du jour envahit tout.
La ligne devient aérienne.
L'air libre, enfin.
Une courbe douce et le métro roule entre les platanes roux de ce début d'automne.
Plus que deux stations.

Je traverse le boulevard, une petite rue, une autre, encore un boulevard. Je suis presque arrivée.
Je m'engage dans la rue du Faubourg-Saint-Jacques.
Un immense mur de pierre d'un gris presque argenté, coiffé de vigne vierge et de lierre, longe le trottoir sur près de trois cents mètres. Les branches hautes d'un grand arbre en dépassent, d'où provient un remue-ménage de petits oiseaux.
Un vent léger s'est levé.
L'air s'infiltre dans les mailles un peu lâches de mon pull-over, et me caresse la peau.
Mes yeux se ferment.
Je m'adosse à la paroi chaude.
Mes doigts s'écartent sur la pierre, sur la surface rêche et poudreuse.
Rester ainsi. Ne plus bouger.
J'entends au loin une sirène. Elle se rapproche.
Le bruit enfle. Enfle jusqu'au vacarme tandis qu'une ambulance passe juste devant moi.
Les piaillements se sont tus.
Allez. Secoue-toi.

Assise dans la salle d'attente, Pascale tape un SMS sur son portable.
Je l'embrasse. Elle sent bon.
C'est la garde-malade de ma mère qui l'a prévenue. À son réveil, notre père n'a pas réussi à se lever. Son côté droit était comme mort. Et il parvenait à peine à parler.

Pascale a couru chez eux, tout en appelant le SAMU. Ils sont arrivés assez rapidement et l'ont tout de suite amené ici. Elle les a suivis en voiture. Et voilà.
Pour l'instant elle ne sait rien de plus.
Il faut attendre.
Un vieil homme dort, allongé en travers d'une rangée de sièges.
Parfois, le néon vacille un peu.
Il n'y a rien à lire, juste quelques vieux exemplaires d'un magazine destiné aux retraités. Nous pourrions aller acheter des journaux à l'entrée de l'hôpital mais non, ni Pascale ni moi ne bougeons.
Les yeux fixés sur les larges bandes de plastique opaque du sas, nous attendons.
De temps à autre, elles s'écartent sur un médecin, une infirmière, des brancardiers.
Le carrelage est gris et beigeasse.
C'est long.
Ma sœur porte une chemise légère qui dégage son cou.
Je pourrais y plonger mon visage et rester ainsi, à respirer son odeur.
Enfin, on vient nous chercher.

Seul dans une grande pièce presque vide, relié à des tas d'appareils, mon père paraît minuscule. Dès qu'il nous voit, il essaie de se redresser. Son bras gauche se tend vers les barreaux métalliques du lit.

Sous les électrodes, sa peau est bronzée. Il y a quelques jours, il rentrait d'Ischia.
Il grelotte.
Pascale va chercher une couverture.
Chacune d'un côté du lit, nous le recouvrons.
Il répète qu'il ne comprend pas ce qui se passe.
Il parle avec difficulté. À chaque « P » qu'il prononce, une bulle de salive se forme et éclate sur ses lèvres.
« Et ça. » De sa main gauche où est fiché le cathéter, il soulève son bras droit, et le laisse retomber.

Il nous fait signe de partir.
Tu es sûr que tu ne veux pas que nous restions ?
Ça ne sert à rien.
Il ferme les yeux.
Sa main droite, inerte, est restée paume renversée. Une tortue sur le dos.
Avant de sortir, je la retourne.

Aucun médecin n'est disponible. Une infirmière nous dit qu'il s'agit probablement d'un AVC, un accident vasculaire cérébral. Nous en saurons davantage, plus tard.

Au début de l'après-midi, il est transféré au service de neurologie de l'hôpital Sainte-Anne.
Pascale y va d'abord. J'irai ensuite.

Il est furieux. C'est une chambre double et le deuxième lit est occupé par un *vieillard.* En plus,

on ne lui a rien donné à manger et il crève de faim.
Je lui fais remarquer qu'il parle mieux.
Il se tait.
Je vais t'acheter un gâteau.
Non. Du salé.

Je choisis un sandwich au saumon fumé, fromage blanc et ciboulette dans un pain assez sombre qui paraît moelleux.
Je le place dans la main gauche de mon père, je dois refermer ses doigts sans force sur la mie souple.
Il mord aussitôt en plein milieu, là où la garniture est plus épaisse.
C'est très bon.

Le soleil d'automne illumine la chambre. Du jardin de Sainte-Anne montent des cris d'enfants qui jouent.
J'avais oublié que nous étions samedi.
Les yeux mi-clos, mon père mâche de plus en plus lentement, puis sa main retombe.
Je lui essuie la bouche, et pose le sandwich sur la table de nuit.
Il s'est endormi.

Il dort toujours lorsqu'on vient le chercher pour l'emmener en radiologie. Les brancardiers ne le réveillent pas. Ils font rouler son lit hors de la chambre, le poussent vers l'ascenseur.

Ding. Les portes se referment. Mon père disparaît.

Je reste un instant immobile sur le palier.

Il y a une dizaine d'années, alors qu'on s'apprêtait à le descendre au bloc opératoire pour un triple pontage, j'avais surpris son regard sur un aide-soignant. Il avait vu que je l'avais vu et ensemble nous avions éclaté de rire.

Même après qu'il eut franchi le double battant du service de chirurgie, je pouvais encore l'entendre rire.

Les examens vont durer longtemps ; inutile de rester là, à attendre, les infirmières nous préviendront, Pascale ou moi.

Je remballe le reste du sandwich dans son film étirable, et le glisse dans mon sac. Je le jetterai plus tard. Dehors.

Le vieil homme du lit voisin sort de la salle de bain. Je l'aide à se recoucher. Il se débarrasse de ses pantoufles. Ses pieds sont mauves.

Il se remet d'un AVC. Il parle normalement, et bouge sans problèmes. Il se sent juste encore très faible.

Si cet homme à la peau marbrée s'en est remis, alors mon père devrait lui aussi s'en remettre.

D'ailleurs, il s'est toujours remis de tout : d'une maladie nosocomiale qui, après son triple pontage, l'a conduit des semaines en réanimation, d'une ablation de la rate, d'une pleurésie, d'une

embolie pulmonaire, et même d'une agression à coups de crosse de revolver qui le laissa toute une nuit gisant sur une route déserte, le crâne fracassé.
À chaque fois, la convalescence à peine achevée, il partait loin, le plus loin possible, eût-on dit.
Et puis, dix, quinze jours, parfois trois semaines plus tard, il revenait de son voyage, le visage rond, en pleine forme.

Tout à l'heure, dans la lumière de ce bel après-midi, le tissu jaune de sa chemise d'hôpital faisait ressortir sa peau dorée.
Cette fois encore il s'en remettra, j'en suis sûre.

À l'arrêt d'autobus, je fouille mon sac à la recherche de mon passe Navigo. Je sens le sandwich, lisse et mou sous mes doigts. Je pourrais le jeter ici, dans le sac-poubelle vert clair de la Ville de Paris, je n'ai qu'à tendre le bras. Mais je ne bouge pas.

Arrivée chez moi, je le range dans le frigidaire.

Pascale m'appelle tard dans la soirée.
Elle vient d'avoir l'interne du service. Les examens ont montré un infarctus cérébral et d'importants anévrismes des carotides internes.
Qu'est-ce que ça veut dire ? Ça se soigne ?
Il faut voir comment cela évolue. On en saura plus demain.

En attendant, essaie de dormir.
Toi aussi.

Ischémie, aphasie, ataxie, dysarthrie, hémiparésie, hémiplégie droite, lobe gauche, je m'y perds, les mots se brouillent. J'éteins l'ordinateur.
Mes yeux brûlent, si secs que le moindre clignement m'est douloureux.
Je file dans la salle de bain.
Il est quatre heures du matin. Je porte mes lentilles de contact depuis près de vingt heures. C'est beaucoup trop.
J'essaie de les enlever, mais je ne peux même pas les saisir tant elles adhèrent à mes cornées desséchées.
Je ne peux pas rester comme ça.
Je fouille l'armoire de toilette à la recherche d'un collyre, ou de sérum physiologique.
Enfin, je trouve un tout petit flacon.
Je renverse la tête en arrière et j'instille au bord de mes paupières une, deux, trois, quatre, cinq larmes artificielles.

Il a mal dormi. Il ne savait pas où il était. Il a eu très peur. Il pense avoir hurlé.
Le vieil homme aux pieds mauves me rassure : à une ou deux reprises, il a entendu mon père marmonner, c'est tout.

Les infirmières de nuit n'ont rien signalé d'anormal.

Le chef de clinique assistant nous reçoit, Pascale et moi, dans un bureau minuscule. Il est très jeune et très maigre. Nous nous asseyons sur des chaises pliantes.
Il ouvre un dossier gris, en feuillette le contenu. Je distingue un long graphique hérissé, sans doute l'électrocardiogramme de mon père. Et, démultipliés sur du papier glacé, les clichés bleutés de son cerveau.
Le jeune homme soupire.
Lors de la visite de ce matin, il a été constaté une aggravation du déficit moteur de l'hémicorps droit.
Par ailleurs, la région inférieure de l'écorce motrice du lobe frontal a été endommagée.
Qu'est-ce que ça veut dire ?
C'est la partie du cerveau qui régit à la fois l'élocution, la mastication et la déglutition.
En d'autres termes, bientôt – dans quelques heures, une journée, deux au grand maximum – le patient, mon père, ne pourra plus parler, ni s'alimenter.
Mais c'est irréversible ?
Il se lève.
Les prochains jours seront décisifs. Mais à l'âge de votre père – quatre-vingt-huit ans, quand même – et avec ses antécédents…
Il sourit gentiment.

Vous savez, il arrive qu'il y ait des surprises, de bonnes surprises.
Pascale est toute pâle. Je passe mon bras autour de ses épaules.
Le jeune homme attend. La pièce est si petite qu'il ne peut ouvrir la porte tant que nous n'avons pas replié nos sièges.

Et Claude ?
Il veut voir sa femme, notre mère.
Ne t'en fais pas. Nous irons la chercher tout à l'heure. *Si elle est assez bien.*
Il réussit à sourire, presque à rire.
Ma mère souffre de la maladie de Parkinson, doublée d'une profonde dépression qui la paralyse depuis des années et des années.
Quoi que nous lui proposions – se promener, déjeuner dehors, ou simple visite – elle répond toujours « Si je suis assez bien ».
À chaque fois, cela fait rire mon père.

Daniel, Micheline, Alice, Henry, Rosine… il fait la liste des proches qu'il faut prévenir.
Il tient à nous donner leurs numéros de téléphone qu'il connaît par cœur.
« 01… »
Il fronce les sourcils, porte la main à son front.
Il répète *Zéro un.*
C'est tout ce dont il se souvient. *Zéro un.*
Il pousse un long soupir. Sa bouche reste entrouverte, sa main retombe.
Il ferme les yeux.

« Ton père n'a pas une si mauvaise tête. »
Je tiens ma mère par un bras, Sylvia, sa garde-malade, par l'autre. *Pied gauche, voilà. Pied droit.*
Nous quittons la chambre de mon père tandis que Pascale et ses enfants y pénètrent. Nous progressons lentement vers la salle d'attente, un rectangle vitré entre le palier et le couloir. De chaque côté, une rangée de chaises fixées au sol, dans les coins une plante verte, au milieu une table basse.
Un couple et un très jeune homme sont assis face à la porte. Tous trois ont les yeux rouges. Je les ai vus tout à l'heure dans la chambre voisine de celle de mon père, au chevet d'une longue forme immobile.
Ma mère veut rentrer chez elle pour prendre ses médicaments. Sylvia agite devant ses yeux un pilulier multicolore. Ils sont là, Madame, vous voyez ?
Ma mère s'assied, toute raide.
Sylvia attrape sur la table basse un magazine de mots fléchés écorné.
Elle le feuillette en grommelant. Toutes les grilles ont déjà été remplies. Crayon noir, feutre ou bic, à chaque page des écritures différentes.
Accroché à la branche d'une des plantes, un fragment d'une vieille boule de Noël scintille.
Il y a sept ans, au moment de l'infection qui avait suivi son triple pontage, j'étais allée embrasser

mon père le soir du 31 décembre. C'était à la Pitié-Salpêtrière. Tout l'hôpital était décoré et illuminé. Mais au service de réanimation, dans la chambre de mon père, les seules lumières qui brillaient étaient celles, rouges, blanches et vertes, des moniteurs qui le maintenaient en vie.
J'ai trop chaud.
« Tu veux que j'aille te chercher quelque chose à boire ? »
Ma mère ne répond pas. Elle regarde fixement devant elle.
Les paupières closes, Sylvia ne bouge plus.
Le couple et le jeune homme paraissent figés.
Plus un bruit. Pas le moindre mouvement.
Je retiens mon souffle.
Rien.
Peu à peu le silence m'engourdit. D'abord les jambes, et puis ça monte. Ça monte.
Soudain je sens un regard.
Le couloir est désert et ici, dans la salle d'attente, personne ne semble me voir.
Si.
Le magazine de mots fléchés repose sur les genoux de Sylvia, ouvert sur la double page centrale.
Et là, parmi les photos qui illustrent la grande grille, la bouille ronde d'un lémurien de Madagascar, avec ses gros yeux jaunes, me sourit.
Je lui souris à mon tour.
Et je m'étire.
Sylvia sursaute.

Ma mère s'agite. « Mes médicaments. »
Le jeune homme renifle, un drôle de petit bruit humide. D'un même élan, le couple se tourne vers lui.
Sylvia referme le vieux magazine, et le repose sur la table.

Noémie et Raphaël sortent de la chambre de leur grand-père.
Ils pleurent.
Je serre ma nièce contre moi. Ses sanglots se répercutent dans tout mon corps. Il y a quelques jours à peine, nous fêtions avec mon père ses onze ans. Je la serre un peu plus fort. Je caresse ses cheveux raides et doux, je respire leur légère odeur de sébum. Nous restons ainsi enlacées, jusqu'à ce que ses pleurs s'apaisent. Brusquement, je laisse retomber ma main qui glisse dans son dos, ballotte et pendouille contre ses fesses. Je recommence. Cette fois ma main frôle la sienne. Noémie se tord de rire. Elle essaie de se débarrasser de cette chose molle qui vient se coller à son épaule, son bras, sa hanche.
Chuuut.
Pascale a raison. Nous faisons trop de bruit. Ma nièce et moi dévalons l'escalier, nos semelles couinent sur le lino.
Nous courons, elle fuyant ma main, moi fuyant la sienne, sur le trottoir de la rue d'Alésia.

Ma mère s'est installée à l'avant, Sylvia et les enfants à l'arrière.
Je regarde la voiture rouge de Pascale s'éloigner. Et disparaître.

En cette fin d'après-midi, l'appartement est lumineux.
J'appelle Serge à Los Angeles. Je ne pourrai pas le retrouver à New York comme nous l'avions prévu.
Tu veux que je rentre plus tôt?
La poignée de la fenêtre est presque chaude sous ma main.
Non. Ce n'est pas la peine. Ça va aller.
Quand Serge raccroche, c'est le silence.
Je vais mettre un disque. Une sonate pour piano de Brahms que mon père jouait souvent et dont les premières mesures à chaque fois m'évoquaient un orage.
Jeune homme, il voulait devenir pianiste, mais son père s'y est opposé, menaçant de *lui couper les vivres.*
Ma mère m'a raconté que, lorsqu'ils allaient au concert, elle l'entendait parfois pleurer. Elle a longtemps cru que c'était l'émotion, et puis elle a fini par comprendre que c'étaient des regrets.
Les CD sont sur deux rangées. La musique classique est derrière. Pour l'atteindre, je dois déplacer le jazz et le rock.
Le coffret des œuvres pour piano solo de Brahms

par Julius Katchen est encore dans son emballage d'origine.
Je pensais pourtant l'avoir déjà écouté.
Il y a trois sonates, laquelle est-ce ? N° 1 in C, n° 2 in F sharp minor, n° 3 in F ? Je ne connais même pas les notes anglaises.
Quand j'étais petite, mon père m'a fait prendre des leçons. Cela a duré quelques mois, un an peut-être, jusqu'à ce qu'il me demande de jouer devant lui. Je ne me souviens plus de ce qui s'est passé mais le lendemain, j'avais plus de 40° de fièvre.
Je suis restée longtemps malade.
Je n'ai plus jamais touché un piano.
Je fixe un instant la barbe blanche de Brahms, le logo bleu et rouge de Decca.
Puis le boîtier toujours scellé reprend sa place, au fond de l'étagère, derrière le rock et le jazz.

C'est la fin du mois. Il y a les gardes de ma mère et les factures à payer, les affaires courantes à régler.
C'est notre père qui s'est toujours occupé de tout.
Ma mère peut à peine remplir un chèque.
La maladie a rendu son écriture de plus en plus tremblée, sa signature chaque fois différente. Et il lui arrive parfois de confondre les chiffres.
Notre père ne nous a jamais fait de procuration,

cela ne lui est sans doute même pas venu à l'esprit.
Il ne peut plus écrire et ne pourra bientôt plus parler.
Il faut faire vite.
J'appelle le banquier de mes parents. Il refuse de se déplacer. Dans ce cas précis, la procuration doit être un acte notarié.
Pascale réussit à joindre le notaire. Il viendra demain en fin d'après-midi à l'hôpital.

Par discrétion, le vieil homme aux pieds mauves est allé dans la salle d'attente.
Le notaire louche terriblement, et derrière les verres épais de ses lunettes, ses yeux grossis le font ressembler à une énorme grenouille.
Il entend mal. Il faut tout répéter. Mon père s'énerve, on ne comprend plus ce qu'il dit.
Le notaire lui hurle dans l'oreille en articulant comme s'il était sourd.
Pascale et moi nous nous regardons, et soudain, d'un même mouvement, nous nous précipitons hors de la chambre.
Dans le couloir, nous sanglotons de rire.

Ma mère doit elle aussi signer la procuration.
Allez hop, nous montons dans la Mercedes du notaire. Il conduit vite, cramponné au volant, le nez sur le pare-brise.
Nous n'avons pas les clefs. C'est Annie, la garde de nuit qui nous ouvre.

La seule lumière provient de la cuisine. Le reste de l'appartement est plongé dans l'obscurité. Mes parents n'allument jamais dans les pièces où ils ne se trouvent pas.
Où sont les interrupteurs? Nous tâtonnons. Ni Pascale ni moi n'avons vécu ici.
Ma mère est assise, immobile, à la table de la cuisine. Elle n'a pas encore dîné. Un demi-comprimé bleu et deux blancs sont posés devant elle. Tandis que le notaire lui explique tout, elle garde les yeux fixés sur ses médicaments.
Bon pour mandat. Ce soir son écriture est nette, sa signature ferme.
Elle tient à se lever lorsque nous partons. Pas pour nous raccompagner, mais pour éteindre.

Je rejoins des amis au restaurant.
La salle est petite, l'éclairage vif.
Le vin a un goût de rose.
Le serveur pose sur la table du pain tranché épais, du beurre, du saucisson.
Depuis quand n'ai-je rien mangé?
J'ai trop bu. J'avale deux Advil, et je me jette sur le lit, en diagonale, le visage plongé dans l'oreiller de Serge.

J'arrive en même temps que Pascale.
Notre père semble bien éveillé. Agité, même.
Il veut nous parler. C'est important.

Penchées sur lui de part et d'autre du lit, nous écoutons.
Son visage se crispe. Les mots ont de plus en plus de mal à venir.
Si…
Si quoi ?
Si…
« *Si j'avais un marteau.* » La chanson m'emplit soudain la tête. Quand j'étais petite, mon père en avait détourné les paroles. Tous les ans, avant mon anniversaire, il me faisait croire que personne – ni cousins, ni amis – ne viendrait pour mon goûter de fête. Il me chantait ça :
Je serai toute seu-eu-le
À mon anniversai-ai-re,
Il n'y aura que mon père,
Ma mère, et ma petite sœur.
Oh oh ce sera le bonheur.
Et lorsque c'est moi qui étais invitée, il me disait que je m'étais trompée, que j'avais mal compris et qu'on ne m'attendait pas.
Je redoutais et mes anniversaires et ceux des autres.
— S'il m'arrive…
S'il lui arrive quoi que ce soit.
Les instructions pour son enterrement sont dans le coffre de l'appartement. Dans une enveloppe. Il veut que nous allions la chercher.
— Tout de suite.
Mais nous n'avons ni l'une ni l'autre la combinaison du coffre.

Les trois chiffres sont nos anniversaires et celui de notre mère. Ils correspondent à trois boutons. Il ne faut pas toucher celui du bas.
D'accord. 1, 6 et 13. On se débrouillera.
Il ferme les yeux, épuisé.

Ça ne marche pas.
Nous sommes accroupies devant le petit coffre.
Je tourne encore une fois la molette de gauche.
Treize crans.
Toujours rien.
— Pousse-toi.
À Pascale de réessayer.
Elle est toute rouge ; les joues me brûlent.
Nous sommes deux cambrioleuses. D'une minute à l'autre l'alarme va se déclencher et nous n'aurons pas le temps de fuir.
Quand ma mère rentre de sa promenade avec Philippe, son garde de jour, et que la porte claque, nous nous relevons d'un bond, comme prises en faute.
Encore une ou deux tentatives, et Pascale réussit.

Le visage tourné vers la porte, il nous guettait.
Nous décachetons l'enveloppe devant lui. Un seul feuillet, quelques lignes.
Il désire être enterré à Elbeuf, dans le caveau familial.
— Tu es sûr que tu ne préférerais pas être au cimetière Montparnasse avec Maman ?

Une grimace. *Surtout pas. Pas avec ses horribles parents.*
Continuons la lecture.
Il ne souhaite pas de cérémonie particulière, juste que le Kaddish soit dit.
Il s'agite. Il veut ajouter quelque chose.
Que le Kaddish soit dit à Paris, avant le départ du corbillard, afin que ceux qui ne feront pas le déplacement puissent quand même y assister.
Voilà. C'est tout.
Son visage se détend. Jusqu'au sourire.
Mes filles.

La chef de service nous reçoit dans le petit bureau aux chaises pliantes.
Le dossier gris a grossi. Elle le feuillette. Le badge rouge piqué sur sa poitrine monte et descend au rythme de sa respiration.
Nous attendons.
Ma chaise est bancale. Il manque un embout de caoutchouc à l'un de ses pieds. Un peu d'adhésif demeure, qui à chaque fois fait « Tic » en se décollant du sol.
La chef de service repousse le dossier.
« Le diagnostic n'est pas excellent. En plus de l'infarctus cérébral et des anévrysmes carotidiens… »
Sa voix s'éloigne. En avant, en arrière, je me balance « Tic » « Tic ».

Thrombose veineuse, embolie pulmonaire, des mots me parviennent.
— Arrête.
La main de Pascale est sur ma cuisse. Je ne bouge plus.
La chef de service referme le dossier gris.
— Je ne peux malheureusement rien vous dire de plus pour l'instant.
Mes jambes sont si raides que j'ai du mal à me lever.

Je monte dans la voiture rouge de Pascale. Elle met le contact et le lecteur de CD s'allume.
Un quatuor pour cordes. De Beethoven ?
Ma sœur conduit bien. J'étends mes jambes. Entre nos deux sièges, il y a une bouteille d'eau minérale à peine entamée, et dans une sorte de vide-poches, un paquet de chewing-gums et des bonbons sans sucre.
La circulation est fluide, je serai bientôt chez moi.
Et si je demandais à Pascale de ralentir et de se garer ?
Serrées l'une contre l'autre, nous écouterions ensemble la sonate de Brahms que jouait notre père. Ma sœur saurait, elle, de laquelle il s'agit.
Nos souffles réunis feraient de la buée sur les vitres closes et, de l'extérieur, personne ne nous verrait.
Nous resterions là, toutes les deux, à l'abri de tout.

Mais les feux verts se succèdent et la voiture s'arrête à l'angle de ma rue.
Pascale est pressée, ses enfants l'attendent.
Un baiser rapide et à demain.

Il a été placé sous oxygène.
Il dort.
Son visage n'a plus de couleurs.
Il ouvre soudain les yeux. Des yeux sans regard.
Je ne suis pas sûre qu'il me reconnaisse.
Il secoue la tête pour se débarrasser des fins tuyaux qui lui rentrent dans les narines.
Je les remets.
Il soulève sa main gauche pour les arracher.
J'immobilise son bras. Il ne résiste pas.
Mon père n'a plus de forces.
Sa peau est froide. Le bronzage d'Ischia a disparu.

Toute la nuit, le vieil homme aux pieds mauves a entendu mon père essayer de parler.
À peine suis-je près de lui qu'il me saisit le poignet.
Il me fixe de ses yeux écarquillés, toujours ce regard qui semble ne pas voir. Les bouts de mots se bousculent
… « jou »… « pa »… « pou »… « ta »… « fff ». Il bave, beaucoup. Je l'essuie, et lui demande de répéter. Doucement.

Encore. Et encore.
Comme à la Roue de la Fortune, je remplis peu à peu les blancs, et je finis par comprendre.
Est-ce que les journaux parlent de l'épouvantable catastrophe ?
Il me serre le poignet.
— Tu veux savoir si les journaux parlent de ce qui t'est arrivé ? C'est ça ?
OUI. Il a presque rugi.
Les larmes me montent brusquement aux yeux.
— Tout le monde en parle.
Il lâche mon bras, et pousse un long soupir.
Soudain, une sorte de raclement vient de sa gorge, un flot de salive coule sur son menton, et il se met à tousser, de plus en plus fort. Il devient tout rouge.
Je cours chercher quelqu'un.

Mon père ne peut plus déglutir. On appelle ça *dysphagie.*
En plus des anticoagulants et des antibiotiques, une nouvelle poche translucide est maintenant pendue à la potence à perfusion.
Émulsion lipidique, solution glucidique, acides aminés et oligo-éléments, voici désormais sa nourriture.

Je croise dans le couloir le jeune homme qui reniflait et le couple âgé. Je les reconnais à peine tant ils sont rayonnants.
Par la porte entrouverte de la chambre voisine,

je vois que la longue forme hier encore immobile est adossée à ses oreillers. C'est une toute jeune fille.
Un gros ballotin de chocolats est posé sur son lit.

J'ouvre le frigidaire.
Sur la première tablette, à la hauteur de mes yeux, il y a le reste du sandwich de mon père.
Je ne peux pas le garder. Même au frais, il va rancir, moisir, le saumon sentira fort.
Allez, je le jette.
J'appuie sur la pédale de la poubelle. Le couvercle se soulève.
À travers le fin plastique luisant, je découvre alors, découpée dans la mie brune, l'empreinte en demi-lune des mâchoires de mon père.
Mon bras s'immobilise. Au-dessous, le trou sombre, les ordures.
Je ne peux pas.
Mon pied quitte la pédale, le couvercle retombe, un « Dong » sourd qui résonne dans l'appartement désert.
Je reste là, sans bouger, le sandwich à la main.
Et si je le mettais dans le congélateur ? Il se con--serverait.
Je le range, bien à plat, sur une boîte de glace vanille.
Et voilà.

Il est trois heures. La nuit est calme.
L'horloge du micro-ondes et celle du four éclairent la cuisine d'une faible lueur orangée.
J'ouvre le congélateur, je prends le sandwich, petit bloc glacé dans ma main, et je le dépose dans la poubelle.
Je retiens le couvercle. Il se referme lentement, et sans bruit.

Les fins tuyaux qui le gênaient ont été remplacés par un masque à oxygène.
Il fronce les sourcils en me voyant et marmonne quelque chose. Je n'ai pas besoin de le faire répéter. Je n'ai pas dormi de la nuit, je suis mal coiffée, à peine maquillée, je sais ce qu'il a dit :
Tu as une sale tête.
Il va mieux.
Pascale arrive à son tour. Elle est du même avis que moi. Il va mieux.
Le téléphone du lit d'à côté sonne. Le vieil homme aux pieds mauves répond.
Non il n'est pas seul, ses filles sont là.
Je ne sais pas si mon père a entendu. Pascale et moi échangeons un regard. C'est sûrement G.M., l'un des amis de mon père. Celui avec lequel il est parti à Ischia. C'est aussi lui qui, il y a un an, alors que mon père venait d'être opéré d'un genou, l'a frappé à coups de pied dans les jambes.

Quand il m'a montré ses énormes hématomes, j'ai supplié mon père de porter plainte. Il a refusé.
Et il a continué à voir G.M.

C'est sans doute en appelant chez mes parents et en parlant au garde de ma mère qu'il a su où se trouvait mon père.
Et maintenant, embusqué dans sa voiture garée rue d'Alésia, les yeux fixés sur la porte du pavillon de neurologie, il attend.
Nous sortons.
Après quelques pas sur le trottoir, il me semble entendre derrière moi une portière claquer. C'est peut-être lui. Je ne me retourne pas. Je ne veux pas voir sa grosse silhouette marcher vers l'hôpital, vers le corps sans défense de mon père.
Je rentre chez moi.
La femme de ménage est venue. Je cours dans la cuisine. La poubelle est vide.

Le chef de clinique assistant est satisfait.
Il a constaté une nette amélioration sur le plan respiratoire.
Par ailleurs, le déficit moteur ne s'est pas accentué, et l'épisode dysphagique semble en phase de régression. On maintient encore l'antibiothérapie afin d'écarter tout risque de pneumopathie

d'inhalation, mais dans l'ensemble, on peut dire que votre père va mieux.

On lui a enlevé son masque à oxygène.
Je l'embrasse. Ça pique.
Mon père a toujours eu le visage lisse, sauf en vacances où il lui arrivait parfois de ne pas se raser. Ses poils blonds et drus paraissaient alors scintiller au soleil.
Aujourd'hui, ses joues, le tour de sa bouche et son menton sont couverts de petites zones grisâtres que l'éclairage de l'applique murale rend plus ternes encore.
— Le médecin dit que tu vas mieux.
Le haut de son corps a un drôle de soubresaut. Il a voulu hausser les épaules et seul son côté gauche a bougé.
— Ça…
Il me désigne sa main droite posée sur un oreiller, ainsi surélevée afin d'éviter la stagnation sanguine.
— Ça ne va pas mieux.
Je regarde ses doigts, ses doigts de pianiste, maintenant roses et boudinés, inertes. Des chipolatas.
— Mais si, tu verras, ça ira mieux aussi.
Je lui souris.
Il ne me sourit pas.

Je me laisse tomber sur le lit. Je n'ai pas enlevé mes chaussures. Tant pis. Je ne peux plus bouger.

La sonnerie de mon portable me fait sursauter. C'est Serge. Il a pu avancer son retour. Il sera là demain, vers midi.
Je prends un bain et je me couche. Le sommeil vient aussitôt.

Bzzzzzzzz. « C'est moi ! » Son visage apparaît en noir et blanc sur le minuscule écran de l'interphone. Il sourit. Je lui ouvre. Du palier, j'entends, tout en bas, le bruit de la valise à roulettes sur le sol dur de l'entrée.
Le bouton d'appel de l'ascenseur clignote, les câbles vibrent, le contrepoids descend, la cabine monte. Un, deux, trois, quatre, cinq étages, et les battants s'écartent enfin.
Serge referme ses bras sur moi. Il sent l'eau de toilette et l'avion. Ses lèvres ont un goût de café.
Je me serre contre son grand corps.
Il est là.

Serge lui raconte son voyage. Quand il en vient à parler du Musée du comté de Los Angeles et de sa récente extension, mon père secoue brusquement la tête.

— Qu'est-ce qui se passe ?
Il ne me répond pas. Il ferme les yeux.
Peut-être se dit-il qu'il ne verra jamais ce nouveau bâtiment, qu'il ne retournera pas à Los Angeles.
Et qu'il n'ira plus nulle part.
Ma gorge se serre.
Cette façon qu'il a de secouer la tête, avec incrédulité, avec horreur.
Il me semble qu'il hurle sans bruit.
La porte s'ouvre. C'est une infirmière, avec une cuvette métallique en forme de haricot, de la gaze et un gros flacon.
Nous sortons.
Serge est tout pâle.
On rentre à la maison.

La chef de service va nous recevoir dans un instant.
Pascale et moi nous installons dans la salle d'attente.
Le vieux magazine de mots fléchés est toujours là. Je l'ouvre au milieu.
La double page centrale a été arrachée.
Un enfant a sûrement voulu garder la photo du petit lémurien souriant.
Je remets le magazine sur la table basse.
Soudain des pas précipités, les sons brefs d'un talkie-walkie, et des portes qui claquent.

Un homme en blouse de travail et bonnet médical surgit dans la salle d'attente et nous demande de ne pas bouger.

Par les parois vitrées, nous voyons d'autres blouses et bonnets jaillir de l'ascenseur en poussant un brancard et disparaître dans le couloir.

Les battants ne se sont pas encore immobilisés qu'ils s'écartent à nouveau sur le brancard.

Nous avons juste le temps d'entrevoir une forme recouverte d'un drap. Et « Ding » l'ascenseur repart.

Pascale est blanche.

Mes mains tremblent.

Nous nous levons d'un bond.

Des portes se sont rouvertes, les infirmières circulent, on entend même des rires.

Devant la chambre de mon père, nous échangeons un regard.

Allez, on entre.

Deux aides-soignants l'ont pris sous les bras.

Et un et deux et trois. Et voilà. Ils l'ont redressé.

L'un d'eux entreprend de le déshabiller.

Ils vont lui faire sa toilette.

Dans le couloir, la jeune fille de la chambre voisine, en chemise d'hôpital, fait quelques pas, agrippée à la rampe. Elle porte des tongs vert fluo.

La chef de service nous annonce que son état s'étant stabilisé, mon père quittera Sainte-Anne

pour Broca d'ici deux ou trois jours, dès qu'un lit se sera libéré. Là, il pourra bientôt commencer sa réadaptation.
Quant à savoir s'il pourra remarcher et retrouver l'usage de son bras, seul l'avenir nous le dira.
— Depuis son opération du genou – cela fait à peu près un an – mon père suit un traitement antidépresseur.
Il continuera, bien sûr, on a même prévu d'augmenter les doses. Dans son cas, le moral joue un rôle essentiel.
Elle referme le gros dossier gris.
Sans doute pour la dernière fois, nous replions nos chaises et nous quittons le minuscule bureau.

Cet après-midi, on l'emmène à Broca.
Pascale reste auprès de lui tandis que je m'occupe des formalités de sortie.
Il y a de l'attente au guichet. Je tourne et retourne entre mes doigts la carte Vitale de mon père. 1 20 07 27... Homme, né en 1920, au mois de juillet, dans le département de l'Eure.
Le 14 juillet. Tous ces anniversaires de vacances et d'été. Les cadeaux de Pascale qui tombaient toujours juste. Il y a longtemps, elle lui avait offert un minuscule pot à lait en porcelaine blanche, et moi toute *La Comédie humaine* dans la Pléiade. Les douze tomes ont disparu, mais le

petit pot est encore là, dans la porte intérieure du frigidaire de nos parents.
Cette année, je ne lui ai rien offert, mais je l'ai invité au restaurant. Notre table était un peu à l'écart, près de la fenêtre. La nuit n'était pas encore tombée, il faisait gris.
J'avais choisi un merveilleux rosé, un vin de juillet. Nous avons trinqué. Et j'ai demandé à mon père ce qu'il pensait de sa vie.
Un ratage total.
Il faut dire que j'ai été anéanti par la mort de maman.
Il a bu une gorgée de vin et, l'espace d'un instant, j'ai cru voir au-dessus du verre embué le visage crispé d'un enfant sur le point de pleurer.
— Quel âge avais-tu quand elle est morte ?
Trente et un ans.
J'ai beau le savoir, j'oublie toujours. Quand il évoque la mort de sa mère – *maman* – je crois chaque fois entendre un petit garçon.

C'est à moi.
Frais de séjour, bulletin de situation, bon de sortie, tout est rapidement réglé.
Dehors, un vrombissement de tondeuse, des jardiniers s'activent sur une pelouse. Les allées de Sainte-Anne sentent l'herbe et la terre mouillée.
« Poc ». Un marron tombe devant moi, jaillissant hors de sa bogue. Je le ramasse. Il est lisse et brillant. Sa tache blanche a la forme de l'ongle du gros orteil.
Je le glisse dans ma poche.

Dans le jardin d'Elbeuf, il y en avait plein. Et des châtaignes aussi – petits oursins verts qui piquaient les doigts – que mon amie Marion et moi dépiautions dans notre cachette de branches et de feuillages, avant de les manger crues. C'était croquant et râpeux, des morceaux se coinçaient dans la gorge. Nous nous tapions dans le dos pour les faire passer.

Je dépose le bon de sortie au poste des infirmières et je les remercie pour tout.
Pascale a rangé dans un sac toutes les affaires de notre père.
L'ambulance ne va pas tarder.
Le vieil homme aux pieds mauves sort de la salle de bain. Je distingue la trace du peigne dans ses cheveux gris. Il est heureux, demain, il rentre chez lui.
Je lui dis au revoir.
Je passe une dernière fois devant la salle d'attente. Un petit garçon, tout seul, dessine. Peut-être est-ce lui qui a emporté la photo du lémurien ?
L'ascenseur est long à venir, je prends l'escalier.
En bas, près du distributeur de boissons, la jeune fille de la chambre voisine et le jeune homme, serrés l'un contre l'autre, s'embrassent. Ils ont les yeux fermés. Je leur souris quand même.
Et je quitte Sainte-Anne.

J'ai traversé le hall en travaux de l'hôpital Broca. Plus épaisse qu'hier, une couche de poussière blanche recouvrait tout. L'air était comme brumeux. J'ai suivi le chemin tracé par des dizaines de semelles sur le sol poudreux. Je me souviens avoir mis mes pieds dans les grandes empreintes d'une paire de tennis – je revois le relief des chevrons –, pied gauche, pied droit, jusqu'au seul ascenseur qui fonctionne pendant les travaux. Nous étions nombreux à attendre. Juste avant que les portes ne se referment, de jeunes médecins en blouse blanche sont arrivés en courant, un gobelet à la main. L'odeur du café a envahi la cabine. Nous nous sommes serrés les uns contre les autres.

Troisième étage. Pôle SSR/GA, soins de suite et réadaptation gériatrique. Aile ouest.

Au bout de l'interminable couloir, j'ai tourné à gauche. Chambres 386, 384, 382, et 380.

J'ai trouvé qu'il avait meilleure mine. On l'avait rasé. En me penchant pour l'embrasser, j'ai reconnu l'odeur de son after-shave. Ses joues étaient douces. Il y avait encore un peu de mousse, blanche comme de la Chantilly au coin de ses narines. Quand j'étais petite, je trouvais que son nez, avec sa forme arrondie, polie, et ses pores dilatés dans lesquels je distinguais des poils tout fins, ressemblait à une fraise.

De sa main gauche, il a pris mon bras, sans le serrer.

Il m'a regardée bien en face.

— Je veux que tu m'aides à en finir.

Je me suis figée. Il a cru que je n'avais pas entendu, car il a répété, un peu plus fort *Je veux que tu m'aides à en finir.*

Jamais depuis son accident, il n'avait parlé aussi distinctement.

J'ai vu sa main quitter mon bras. Elle n'est pas retombée, elle est restée en suspens au-dessus du drap, les doigts légèrement écartés, comme celle d'un pianiste à la fin d'un morceau tandis que résonne le dernier accord.

Il m'observait, je sentais son regard, mais mes yeux étaient fixés sur cette main si pâle qui semblait flotter, où le cathéter et son pansement dessinaient une croix plus pâle encore.

La main est retombée. J'ai levé les yeux.

Mon père me souriait. Un vrai sourire, un sourire *comme avant,* les yeux brillants, les pattes-d'oie plissées.

J'ai baissé la tête et j'ai vu mon sac, par terre, noir sur le linoléum gris. Je l'ai ramassé.

Les marches des trois étages ont défilé à toute allure. J'ai senti l'odeur de plâtre frais du hall, et les grandes portes automatiques de l'entrée se sont écartées devant moi.

La nuit tombe. J'ai dû marcher longtemps.
Mes cheveux, mes vêtements sont mouillés et mes chaussures ont pris l'eau. J'ai, dans mon sac, un parapluie que je n'ai pas ouvert. Je n'avais même pas remarqué qu'il pleuvait.
Je suis dans un jardin pentu que surplombent des immeubles modernes. La pluie a fait tomber les feuilles mortes. Il y en a partout.
Les réverbères s'allument. Je croise un couple. L'homme porte un sac à provisions, des feuilles vertes en dépassent. Du céleri. Ils rentrent chez eux, ils vont préparer le dîner. Ça sentira bon.
Je les suis.
Ça monte. Une ruelle pavée et sombre. Je me tords les chevilles. C'est là qu'ils habitent. Ils referment la porte derrière eux. À l'intérieur, des lumières s'allument.
Je reste seule dehors.
J'ai froid. Je veux rentrer.
Je fais demi-tour. Le vent s'est levé. Les arbres du jardin s'agitent. Les feuilles virevoltent. Il n'y a plus personne.
J'aperçois de loin le métro aérien. À présent, je sais où je suis.
J'arrive sur le boulevard, voilà un taxi. Il est libre.

Je me laisse tomber sur le siège. La voiture démarre.
Mon père ne veut jamais prendre de taxi.
Je frissonne.
Je demande au chauffeur de monter un peu le chauffage. Il y a une chanson des Beatles à la radio.
Je ferme les yeux.

Un peu d'huile d'olive dans la casserole, j'émince un oignon et une carotte, je presse de l'ail. J'ajoute la viande hachée puis les tomates. Thym, romarin, laurier.
Et une branche de céleri.
La sauce mijote. Serge débouche une bouteille de vin.
Ça sent bon dans tout l'appartement.

Serge dort.
Je ne lui ai rien dit. Pas encore.
Je me tourne et me retourne dans le lit.
Je pourrais prendre un quart de Lexomil, le sommeil viendrait et je cesserais de voir le sourire de mon père, le faisceau de rides au coin de ses yeux brillants, son visage soudain redevenu tout rond.
Il y a un an, après son opération du genou, il avait perdu l'appétit, il ne mangeait presque

plus, il maigrissait à vue d'œil. Je l'ai emmené voir un psychiatre. Après avoir expliqué au médecin pourquoi nous étions là, je les ai laissés seuls. Mon père est ressorti avec une ordonnance d'antidépresseurs, de l'Athymil, deux comprimés par jour.

Il pleuvait, nous attendions le bus – pas question de prendre un taxi. Il s'est tourné vers moi.

— Quand j'étais seul avec le docteur, je lui ai dit que si cela ne tenait qu'à moi, j'en finirais maintenant.

Et il m'a souri, de ce même sourire.

Presque triomphal.

La première fois qu'il m'a parlé de *ça*, il ne souriait pas.

J'avais treize ans. Je me levais tôt, lui aussi. Un matin, alors que nous prenions notre petit déjeuner, il a posé sa tasse et m'a regardée bien en face.

— Hier, quand je suis rentré, ta mère n'était pas là, vous étiez à l'école. L'appartement était vide. Si j'avais eu un flingue, je me serais fait sauter la cervelle.

Pendant des semaines, des mois, des années, chaque fois que je tournais la clef dans la serrure de la porte d'entrée de l'appartement, je me disais que j'allais trouver mon père affalé sur le canapé du salon, la tête explosée, du sang partout.

Je repousse le drap, je file dans la salle de bain.

J'ouvre la petite boîte verte et je fais tomber dans ma paume un bâtonnet de Lexomil. Un quart? Un demi?
Allez, un demi. Je le croque pour qu'il agisse plus vite, une gorgée d'eau, et je me recouche.
Serge ronfle doucement. Inspiration, expiration, je cale ma respiration sur la sienne. Son calme m'envahit. Sa chaleur aussi.
Demain, j'ai rendez-vous avec le praticien hospitalier en charge de mon père. On verra bien.
Je ferme les yeux.
Je suis prête pour la nuit. Prête pour les cauchemars.

Il n'y a pas vraiment de salle d'attente, juste quelques chaises de part et d'autre du couloir sous des panneaux de liège où sont punaisées informations et annonces.
Je suis seule. Pascale est en province, elle travaille à la préparation d'un festival de musique.
Je ne lui ai rien dit. D'ailleurs que lui aurais-je dit? *« Papa m'a demandé de l'aider à en finir »*?
Je me répète cette phrase, elle sonne bizarrement. Qu'est-ce qui ne colle pas? « Papa » et « en finir »?
Des bruits de pas. Deux silhouettes apparaissent au bout du couloir. Une grande et une petite. Un homme et une femme.
Bonjour. Bonjour.
Ils s'asseyent en face de moi. Elle est beaucoup

plus jeune que lui. C'est une fille et son père, le même nez, les mêmes yeux, ils se ressemblent.
Elle lui chuchote quelques mots. Il passe son bras autour d'elle. Elle se laisse aller contre lui.
Je les regarde. Ils ne me voient pas.
La tête posée sur l'épaule de son père, elle a fermé les yeux. Il la tient serrée, il bouge un peu, à peine, comme s'il la berçait très très doucement.
Il veille sur elle. Elle est à l'abri.
Elle semble toute petite à côté de lui.
Moi, très tôt, j'ai été plus grande que mon père.

La porte s'ouvre. Le docteur H. me fait entrer.
Elle est jeune et potelée. Elle a de longs cheveux, un visage souriant.
La pièce est claire. Il y a des reproductions encadrées aux murs, des étagères couvertes de livres et un ordinateur sur le bureau.
Le dossier de mon père est bleu.
Le docteur H. me pose quelques questions sur l'état de santé de ma mère, les moyens financiers de mes parents, leur appartement, et note mes réponses en cochant rapidement les cases d'un formulaire.
— Nous devons savoir si, à terme, une hospitalisation à domicile pourra être envisagée.
Elle repose son bic.
— Mais nous n'en sommes pas là.
Elle fixe l'écran de l'ordinateur.
— Bon, pour l'instant, question traitement, on

continue les hypotenseurs, Coversyl, Acébutolol et Loxen, les anticoagulants, bien sûr. Et les statines.

Son fauteuil pivote vers moi.

Elle a une bonne nouvelle à m'annoncer : mon père va bientôt passer à une nourriture solide, sous forme d'aliments hachés. Ça lui fera du bien. En revanche, toujours pas de liquides, à cause des risques de fausse route, mais il aura le droit à de l'eau gélifiée.

Elle sourit.

— Vous verrez, ça ressemble à de la jelly.

Je respire un bon coup.

— Mon père m'a dit qu'il souhaitait *en finir.*

Son sourire rétrécit.

Elle sait. Il le lui a dit, ainsi qu'à l'équipe soignante. Ça ne l'inquiète pas vraiment, elle a l'habitude de ce genre de réaction. Elle a décidé d'augmenter les antidépresseurs : en plus de l'Athymil, du Rivotril au coucher.

Elle se cale dans son fauteuil.

— Mais je ne vais pas vous raconter d'histoires. Si votre papa refuse de se battre, vu son état général et son âge, ça ne durera pas longtemps.

Elle soupire.

— Espérons que les antidépresseurs feront vite leur effet. Et puis il est important que votre papa se sente entouré. Il faut lui redonner le moral, hein ?

Elle se lève, me tend la main. La mienne est moite et glacée.

— Ne vous en faites pas, tout va bien se passer. En général, ils finissent tous par s'accrocher à la vie.

La fille est toujours blottie contre son père, la tête sur son épaule.
J'ouvre doucement la porte de la chambre.
Mon père dort.
La bouche entrouverte, il fait des petits bruits de gorge, des « ghâ » réguliers et calmes.
Je regarde son visage.
Je ne l'ai jamais autant vu que ces derniers temps.
Le visage de mon père.
Chaque fois qu'elle voyait un bébé, ma mère disait « Il ressemble à André », et elle ajoutait « D'ailleurs, tous les bébés ressemblent à André ».
C'était bien sûr ses joues pleines, son crâne presque chauve, sa petite bouche, ses yeux bleus. Et surtout son nez. Un nez dont le cartilage semble être resté tendre, un nez pas fini.
Quand j'étais petite, je voulais toujours le toucher mais je ne pouvais pas, car cela lui faisait mal.
Plus tard, mon père m'a raconté que, dans les années cinquante, la rhinoplastie n'était pas vraiment au point et que l'opération avait été épouvantablement douloureuse.
J'ai vu quelques photos de lui, jeune, avec un grand nez aigu. Je ne l'aurais pas reconnu.
Quel homme aurait-il été s'il avait gardé ce nez ?

Un « ghâ » plus sonore que les autres. Sa jambe gauche s'agite. Son visage s'est contracté. Il ouvre grands les yeux. Il semble effrayé.
— Papa, tout va bien, je suis là.
Il me fixe sans ciller. Ses lèvres s'arrondissent. Son bras gauche se tend vers moi.
— Ne me laisse pas tomber.
Ma gorge se noue.
Je voudrais virer les barreaux de ce lit, arracher la perfusion et ses spaghettis transparents, et prendre ce vieux nourrisson dans mes bras, embrasser son crâne déplumé, sa petite tête, et le tenir serré contre moi jusqu'à ce qu'il n'ait plus peur.
Je ne te laisserai jamais tomber.
Jamais.
Je prends sa main, ses doigts se referment sur les miens.
Je reste sans bouger, bien après qu'il s'est rendormi. Je veux que, dans son sommeil, mon père sache que je suis là, et que je veille sur lui.

Pascale et moi appelons ses amis, la famille. Nous leur indiquons l'étage, le numéro de la chambre, les horaires de visite. Pas de gâteaux, pas de chocolats, il ne peut pas encore mâcher. Des fleurs, si vous voulez.
Notre père a toujours aimé *voir du monde*. Le soir, il n'était presque jamais chez lui.

Il allait au cinéma, à des vernissages, au concert, au restaurant, et dans d'autres lieux que je ne connais pas. Parfois, il ne rentrait pas.
La veille de son AVC, il était allé voir un film qui venait de sortir et il avait dîné dans un restaurant qui venait de rouvrir.
Il voulait toujours être au courant de tout. Il lui fallait tout voir, tout entendre, tout goûter avant tout le monde.
Avant moi.
Il m'appelait souvent le matin. Sa première question était « Qu'est-ce que tu as fait de beau hier soir ? ».
Si j'avais découvert un endroit ou un spectacle qu'il ne connaissait pas, ou dîné avec quelqu'un qu'il eût aimé rencontrer, je percevais au bout du fil un silence agacé. La conversation était terminée. Il raccrochait.

Pauvre André, c'est terrible de le voir comme ça.
Jean-Pierre, Micheline, Rosine, Michel, Françoise, tous sortent les larmes aux yeux.
Au début de chaque visite, il est content. Il écoute ce qu'on lui raconte, tout va bien. Mais dès qu'il veut parler, les mots ne sortent pas, ou bien ils se bousculent, et personne ne comprend.
Il en pleure presque.
Alors Pascale et moi lui servons tour à tour d'interprète.

Nous scrutons son visage, nous déchiffrons chaque mouvement de ses lèvres, nous en guettons le moindre son.
L'une comme l'autre, nous connaissons si bien notre père qu'il nous suffit parfois d'une seule syllabe pour deviner sa pensée.
À ces moments-là, la gratitude que nous lisons dans ses yeux lui ressemble si peu qu'elle en devient presque effrayante.

Pascale lui a apporté son poste de radio. J'ai fait brancher la télévision. Je m'aperçois qu'il ne voit pas bien. Il ferme son œil droit, tourne bizarrement la tête.
On essaie avec lunettes. Sans lunettes. Ça ne va pas.

Je demande une consultation d'ophtalmologiste. La vue de mon père n'a presque pas changé. Le problème vient de son œil droit qui n'enregistre pas, ou plutôt qui *n'imprime pas.*
On appelle ça « hémi-négligence ».
En plus du kinésithérapeute, de l'ergothérapeute et de l'orthophoniste, il lui faudra désormais un orthoptiste.

Il ne veut plus de visites.

Il refuse de manger.

Voilà son plateau, une quenelle beige, de la bouillie verdâtre, et une tremblotante gelée rouge sang.
J'approche la cuillère de ses lèvres, il se détourne.
Allez, fais un petit effort.
Je réessaie. Il secoue la tête. Ça tombe sur son bavoir.
Allez, je suis sûre que ce n'est pas si mauvais que ça.
Je goûte. Berk. Viande ? Poisson ? Impossible à dire.

Notre père est gourmand. Il lui faut des bonnes choses. Pascale, qui fait très bien la cuisine, s'en chargera.
Nous réchaufferons les barquettes dans le micro-ondes des infirmières, et nous nous relaierons pour lui donner ses repas.

Hachis parmentier, saumon aux herbes, purée de pommes de terre, crème caramel, mousse au chocolat, il ne mange toujours pas.

Le docteur H. décide de revenir à l'alimentation parentérale. J'entends « alimentation parentale », et je vois les parents de mon père assis à la grande table de la salle à manger d'Elbeuf, mon grand-père forçant Jean-Louis, son fils cadet qui était anorexique, à avaler le gras de la viande du pot-au-feu.

Cette scène, mon père me l'a racontée en juillet lors de notre dîner au restaurant. Il a posé ses couverts, repoussé son assiette.
Le gras jaune, les pleurs de Jean-Louis qui s'étranglait, recrachait, le visage glacial de mon père, et maman qui ne disait rien ; elle crevait de trouille devant son mari.
Plus de soixante-dix ans après, il en frissonne encore.

Aujourd'hui, il fait beau, un temps doré d'octobre.
Sur le palier du troisième étage, des fauteuils roulants sont alignés. Il y en a une dizaine, des petits avec un simple dossier, et deux grands avec un appuie-tête. Ils sont rangés en file indienne, par ordre décroissant, comme une famille d'immenses canards, les parents devant.
Et si j'emmenais mon père se promener ?
Je pousserais son fauteuil au soleil. Je serais derrière lui, je ne verrais que son crâne.
Je ferme les yeux et je le vois déjà. J'en distingue chaque tache de rousseur, chaque tavelure, chaque cicatrice. Je sais exactement où poussent ses cheveux et où commence sa calvitie. Le léger méplat à l'arrière, et plus bas, vers la nuque mais au-dessus du col, l'endroit où la peau plisse un peu.
Je connais par cœur le crâne de mon père.

— Mais vous ne vous rendez pas compte, votre papa est encore bien trop faible pour être assis. On ne peut même pas le redresser à plus de trente degrés, alors le mettre sur un fauteuil roulant…
L'infirmière hausse les épaules.
— À force de ne rien manger…

La chambre est surchauffée. Le radiateur est bouillant. Je vais ouvrir la fenêtre.
— Non.
Je croyais qu'il dormait.
Je m'approche de lui.
« Pchhhhhhh » le matelas pneumatique à pression alternée se dégonfle. Cela suffira-t-il à prévenir les escarres ?
Il me regarde fixement. Je pose ma main sur son bras. Sa peau est froide. Je remarque l'os saillant de son poignet.
Mon père est en train de dépérir.
— Tu ne peux pas me laisser comme ça.
Son cou se tend, sa tête se soulève.
— Ça…
D'un geste du menton, il me désigne son corps.
— Tout ça…
Soudain sa main gauche agrippe la barrière métallique. Il se redresse. L'effort le fait grimacer.
— Ce n'est…
Nos visages se touchent presque.
— PLUS MOI.

Ses mots m'explosent à la figure dans une gerbe de salive.
Sa tête retombe.
Ce n'est plus moi.
Une larme apparaît au coin de sa paupière, court sur sa tempe, et se perd près de son oreille, là où autrefois il s'était laissé pousser des *rouflaquettes* dont nous plaisantions.
Je ne peux pas le laisser comme ça.
— Papa, qu'est-ce que tu veux que je fasse ?
Sa réponse vient tout de suite. D'un coup. Nette.
— Il faut absolument que je disparaisse.
Cette fois, je ne m'enfuis pas.
Il me regarde. Je le regarde.
— D'accord.
Que puis-je lui dire d'autre ?
Il a un petit mouvement sec du menton, un acquiescement.
Et d'un geste impatient de la main, il me signifie que je peux partir. Je t'ai assez vue.
J'en reste un instant bouche bée.
Et j'éclate de rire.
He is back.

Je suis dehors, au soleil, à l'air, à la lumière et je sens qu'est demeurée sur ma joue, petit point humide, un peu de la salive de mon père, légère comme la trace d'un baiser.

J'ai bien fait de réserver. Il est tôt, mais le restaurant est déjà plein. Pascale m'attend, assise à une petite table, presque au calme.
Un serveur nous apporte la carte. Je choisis une ligne au hasard dans la colonne « poulet », ma sœur prend du bœuf. Deux bières thaïes, s'il vous plaît. Le serveur s'éloigne.
J'attrape une paire de baguettes, je les sors de leur étui de papier, je les sépare, les tapote l'une contre l'autre « tac tac ».
— Arrête.
J'arrête.
— Qu'est-ce que tu voulais me dire ?
Je prends l'étui de papier, je l'enroule sur lui-même, comme une langue de belle-mère.
Pascale me l'arrache des mains.
— Ça suffit à la fin, qu'est-ce qu'il y a ?
J'entrecroise mes doigts pour les empêcher de s'emparer du petit pot de cure-dents.
Ma sœur me regarde droit dans les yeux.
Je dois lui dire. Allez.
— Papa m'a demandé de l'aider à en finir.
Elle n'a pas bougé mais son regard m'a quittée.
Mes doigts se dénouent, mes mains retombent et restent immobiles.
— Et tu lui as répondu quoi ?
— Que j'étais d'accord.
Ses yeux s'emplissent de larmes.
— Je pense à Raphaël.
Mon neveu souffre d'un grave déficit moteur et s'exprime avec difficulté. Depuis qu'il est petit

– il a aujourd'hui dix-sept ans – notre père s'est occupé de lui comme il ne s'est jamais occupé de nous. Il l'emmène chaque année en voyage. États-Unis, Inde, Kenya, Seychelles, Maroc, Italie, ensemble, ils sont allés partout.

— Je ne ferai rien sans toi, sans ton accord.

Elle se redresse. Il n'y a plus de larmes dans ses grands yeux noirs.

— De toute façon, c'est sa décision. Ce n'est pas la tienne, ni la nôtre.

Le serveur nous apporte nos bières.

Nous buvons. Après deux gorgées, Pascale s'arrête. Il y a de la mousse sur sa lèvre supérieure.

— D'ailleurs, qu'est-ce que ça veut dire, *concrètement,* « l'aider à en finir » ?

Le verre a failli m'échapper des mains. Je m'aperçois que je ne me suis même pas posé la question.

— Je n'en ai aucune idée.

Je dois avoir l'air complètement ahurie car elle se marre. Moi aussi.

— Essuie-toi, tu as de la mousse, là…

— Toi aussi.

Ensemble, nous nous essuyons.

Et, les yeux dans les yeux, ma sœur et moi nous trinquons.

L'chaïm. À la vie.

La voiture de Marion me dépasse. Elle va se garer juste devant l'hôpital. Avec son caducée, mon amie ne risque rien. Dès qu'elle m'aperçoit, elle me fait de grands signes et vient à ma rencontre. Bien qu'elle porte un tailleur et qu'elle se tienne très droite, malgré le bruit sec de ses talons qui claquent sur le trottoir, c'est le garçon manqué qui grimpait aux arbres que je vois marcher vers moi. Nous nous embrassons en riant. Quelles que soient les circonstances, nous ne nous sommes jamais retrouvées sans rire.

Je lui ai raconté, au téléphone, la demande de mon père. Elle était allée le voir lorsqu'il était à Sainte-Anne, et elle avait parlé au chef de service. Elle m'avait alors confirmé que le diagnostic n'était *pas excellent*.

« André ! »

Le visage de mon père s'éclaire. Il aime beaucoup Marion ; qu'elle soit professeur de médecine lui en impose.

Je les laisse seuls.

Un petit salon a été aménagé dans un renfoncement aveugle à l'intersection de deux couloirs. Il est déjà occupé par trois très vieilles femmes dont les fauteuils roulants ont été placés dos à dos. Deux d'entre elles somnolent, le menton sur la poitrine, la troisième chantonne, dans les yeux une joie étrange.

Je préfère aller sur le palier. Près d'une grande

fenêtre, il y a quelques sièges et une table basse. Je m'assieds à côté d'un immense cendrier cylindrique.
J'ai envie d'une cigarette.
Cela fait sept ou huit ans que j'ai arrêté de fumer, et voilà que, soudain, à la vue de ce cendrier qui ne sent plus rien, tout me revient.
Le paquet neuf, plein, le crépitement de l'enveloppe de cellophane, la légère résistance du rabat cartonné qu'on soulève pour la première fois, et celle de la cigarette que l'on attrape et qui, serrée contre les autres, ne veut pas venir.
Et puis la densité du filtre entre mes lèvres, l'odeur du tabac, le goût du papier, la flamme.
Et enfin l'aspiration profonde, profonde.
J'ai un creux dans l'estomac, dans tout le corps.
Il m'en faut une. Maintenant.
«Je te cherchais.» Marion surgit devant moi.
Elle a dû sortir lorsque les aides-soignants sont venus changer mon père.
Il était calme et éveillé. Elle a trouvé qu'il s'exprimait beaucoup mieux. Il lui a expliqué qu'il souhaitait en finir, qu'il avait plus de quatre-vingt-huit ans et que *ça allait bien comme ça*, et il lui a demandé si *elle pouvait faire quelque chose.*
— Je lui ai dit que si son état se détériorait, je le prendrais dans mon service, et qu'on verrait à ce moment-là.
Elle me sourit.
— Ah, j'oubliais le plus important : d'après la surveillante, il remange.

Elle se dirige vers l'ascenseur.
— Allez viens, on va boire un verre dans un bar de luxe.

Devant l'entrée de l'hôpital, là où elle s'est garée, deux médecins fument. Je m'attarde quelques secondes à côté d'eux, le temps de respirer la fumée de leur cigarette et hop, je me glisse sur le siège en cuir de la voiture de ma vieille amie.
Elle démarre.
Je me laisse aller contre l'appuie-tête. Je ferme les yeux. Mon père remange.
J'ai dans la bouche un léger goût de tabac.
Je crois que je vais prendre un whisky.

Serge repousse son assiette.
— Je ne comprends pas que ton père te demande une chose pareille. À toi, sa fille.
Il se lève, commence à débarrasser.
— C'est justement parce que je suis sa fille.
Les couverts s'entrechoquent brutalement dans le lave-vaisselle.
J'essaie de me lever, mes jambes sont lourdes. J'ai bu deux whiskies avec Marion et du vin pendant le dîner. C'est trop.
Sa fille.
La tête me tourne.

Nous étions en Angleterre. Avant de m'emmener dans le collège où je passerais le mois de juillet, mon père voulait rendre visite à une cousine de sa mère qu'il n'avait pas vue depuis des années. Elle habitait à la campagne. Nous avons pris le train.

À peine assis, mon père s'endort.

Une gare, le train s'arrête, un sifflet, quelques cahots, on redémarre. Il ouvre les yeux. C'est là qu'on descend. Trop tard. Le train a déjà quitté la gare. Il s'énerve, m'engueule.

Comme dans la plupart des wagons anglais de l'époque, la portière de notre compartiment donne directement sur la voie. Mon père l'ouvre.

« On va sauter. »

Le train prend un peu de vitesse.

Mon père saute en premier. Il tombe « Aaaaïe ».

Je me cramponne aux montants métalliques.

Le train roule de plus en plus vite.

Mon père me hurle « Allez ! saute, grosse cloche ».

Je ne peux pas bouger. Mes jambes sont lourdes.

Le long des rails, je vois défiler de gros cailloux, des pierres, le talus.

Je saute.

J'ai oublié la cousine anglaise, mais je me souviens du lavabo un peu ébréché de sa salle de bain, des compresses d'alcool à 90° qui piquaient – je crois que j'ai pleuré –, et des énormes pansements dont elle m'a enveloppé les genoux et les mains, tandis que mon père répétait en chantonnant « C'est rien ! Nothing at all ! ».

— Tu te rappelles, quand tu m'as emmenée voir Joyce Wreford, en Angleterre ?
Ses yeux pétillent.
— Oui ! Le train !
Il rigole.
Il va nettement mieux.

J'entre dans le Grand Palais, je tends mon carton d'invitation à l'ouvreuse.
Comme d'habitude, je commence par les travées horizontales.
Allée A, allée B, allée C.
J'entre dans une galerie, j'en sors ; j'entre dans une autre, j'en ressors. Et ainsi de suite.
Je marche, j'avance. On m'arrête, on s'étonne de l'absence de mon père. J'explique. *Broca, 3e ét., ch. 380*, je griffonne sur des bouts de papier. Visages attristés. Dites-lui bien qu'on pense à lui.
A encore, B de nouveau, je suis revenue sur mes pas sans m'en rendre compte.
Peintures, dessins, sculptures, photos, vidéos, installations, tout se confond.
Ça ne va pas.
C'est la première fois que je suis à la FIAC alors que mon père n'y est pas.
Je ne vois rien, je regarde à peine.

À quoi bon ?

En temps normal, je l'aurais appelé sur son portable. Tout de suite, il m'aurait demandé « Tu as vu des choses ? » et nous nous serions retrouvés devant cette galerie italienne. Je lui aurais montré la petite sculpture de Richard Long, là, sur le mur de gauche ; de délicates empreintes de boue séchée sur un morceau de marbre.

Il aurait haussé les épaules « Évidemment. Je la connais par cœur ». Et il m'aurait souri, content que nous l'ayons tous deux remarquée, et peut-être plus content encore de l'avoir vue le premier.

Je m'approche. La pierre semble presque moelleuse, et la terre transparente, et légère. Si je soufflais dessus, sans doute s'envolerait-elle.

Ma vue se brouille.

Je veux partir d'ici.

Je cours vers la sortie. Un homme surgit devant moi « Je me disais justement que je n'avais pas encore croisé votre père ». Je file sans répondre.

— Tu as vu des choses ?

Il est en train de déjeuner, un grand bavoir de plastique bleu ciel attaché autour du cou.

— Une toute petite sculpture de Richard Long.

Il laisse retomber sa cuillère, et il commence à secouer la tête. De plus en plus vite.

Cet horrible mouvement.

Il a fermé les yeux.
Je pose ma main sur son bras gauche.
— Tout le monde m'a demandé de tes nouvelles.
Il se calme un peu.
— Qui ça ?
Je cite des noms, j'en rajoute.
Sa tête s'immobilise.
— J'ai donné le numéro de ta chambre, l'étage, tout. Tu vas avoir des visites.
Il rouvre les yeux.
Je lui tends la cuillère. Il recommence à manger. À la fin, je l'aide à racler le fond du bol de compote.

Il peut enfin boire de l'eau, mais uniquement du Perrier car les grosses bulles provoquent, lors de la déglutition, un réflexe, une contraction, qui évite les fausses routes.

Mon père dort.
Sa jambe gauche repose sur le drap, gainée jusqu'en haut de la cuisse par un bas de contention blanc.
Je devrais saisir sa cheville, la soulever un peu afin de dégager le drap et de le remonter, mais je reste plantée là, incapable de détacher mon regard de cette jambe mince, légèrement

repliée, de ce genou délicat où se dessinent des fossettes, de ce bas blanc.
Un bas de mariée.
Mon père ouvre les yeux, fait une grimace comme s'il avait un mauvais goût dans la bouche, et se rendort.
Je ne veux pas le réveiller. Je m'en vais.

Dans la rue, un coupé gris métallisé roule au ralenti, à la recherche d'une place. On dirait la voiture de G.M. J'entrevois un visage blafard. Ça pourrait être lui. Vite, je fais demi-tour, je cours sur le trottoir, les doubles portes s'écartent, je traverse le hall, l'ascenseur n'est pas là, je prends l'escalier, un, deux, trois étages, le couloir ouest, voilà la chambre de mon père. Il dort toujours. Je prends sa cheville, je dégage le drap et je le remonte, je couvre tout son corps, jusqu'au menton.
Et, sans qu'il se réveille, je le borde.
Maintenant, je m'en vais.

Je lui lis un long article du *Monde* sur la future vente de la collection Bergé-Saint Laurent dont mon cousin François est le commissaire-priseur.
Il m'écoute avec attention.
Il a vraiment meilleure mine.
J'ai fini ma lecture. Je referme le journal.

— Je suis curieux de voir comment ça va se passer.
Je tressaille. Nous sommes en octobre et la vente aura lieu fin février.
Dans quatre mois, donc.
Cela veut peut-être dire qu'il ne pense plus…
— Ne crois surtout pas que j'aie changé d'avis.
Il me regarde bien en face.
— Je suppose que tu ne t'es pas occupée de *ça* ?
Son visage est sévère.
Je baisse les yeux.
Pour la première fois de ma vie, je me sens devant lui comme une enfant désobéissante.
Il n'a pas été un père autoritaire.
Il parcourait rapidement mes bulletins scolaires ; sa signature – longue s'ils étaient bons, courte s'ils l'étaient moins – était son seul commentaire.
Quand par la suite je n'ai pas voulu faire d'études supérieures, il ne m'y a pas forcée.
Il ne m'a jamais punie, je ne lui en ai pas donné l'occasion. Adolescente, je ne sortais pas. Je pesais quatre-vingt-cinq kilos, et je restais tous les soirs devant la télévision.
Il ne m'interdisait rien. Au contraire.
Nous rentrions d'un séjour en Irlande. J'avais quinze ans, j'étais grosse – *énorme* disait mon père. Il a haussé les épaules *« Quand je pense que tu n'as même pas été fichue de lever un type »*.
Je relève la tête.
Les yeux de mon père me fixent. Me suivent.
Arrête. Laisse-moi tranquille.

Un rayon de soleil entre dans la chambre, illuminant d'un coup la taie jaune d'un gros oreiller posé sur une chaise.
J'ai soudain trop chaud. Il faudrait que j'aille ouvrir la fenêtre. Mais je ne bouge pas.
Je ne peux détourner mon regard de cet oreiller qui, gonflé, joufflu, semble respirer dans la lumière.
Mes doigts se crispent.
Ce serait si facile.
La douceur du coton, le moelleux des plumes.
Un nuage. Tu ne sentirais rien.
Si facile.
Soudain la chambre s'obscurcit. Le rayon de soleil a disparu. Et je ne distingue plus rien, ni l'oreiller ni les yeux de mon père.
Mes épaules se relâchent. Je souffle doucement.

Je sors du métro. La place est toujours aussi calme, aussi lumineuse. Je passe devant la véranda verte de l'antiquaire et je traverse au premier feu, en face du tabac où j'avais l'habitude d'acheter mes cigarettes.
Il fait beau. Le soleil me chauffe le dos.
Je retrouve les parfums de l'épicerie indienne.
Le chausseur orthopédique, la laverie et son odeur de lessive et d'adoucissant, la clinique vétérinaire, rien n'a changé.
Je pourrais faire ce trajet les yeux fermés.

La rue monte.
Je marche vite.
J'ai hâte de retrouver sa présence et ses silences, et la grande pièce paisible où je suis à l'abri.
Je sens la pente dans mes genoux, dans mes cuisses.
Un jour, j'avais compté qu'il me fallait faire quatre cent quatre-vingt-seize pas avant d'arriver.
J'aperçois mon reflet dans la vitrine de la grande pharmacie du coin. Je n'ai pas bonne mine.
Il va sûrement se dire que j'ai pris un coup de vieux.
Et lui ?
Au téléphone, sa voix était toujours la même.
Les bars au rideau baissé, la devanture un peu triste du fabricant de timbres et tampons, les grandes chaussures de clown dans la vitrine du bottier, un nouveau restaurant. Et c'est là.
A2496. Je tape le code. Avant, il n'y en avait pas.
« Dzzzz ». Il n'y avait pas non plus d'interphone.
Plus de gardienne, sa loge a été murée.
Elle avait un petit chien blanc qui aboyait dès qu'il me voyait.
Il doit être mort, à présent.
Les rosiers de l'étroite cour sont encore en fleur.
Une marche haute, et j'entre dans la minuscule salle d'attente.
Des murmures me parviennent, de l'autre côté de la porte capitonnée. Sa voix à lui, et celle, un peu geignarde, d'une femme.

Je fouille dans mon sac. Du rose à joues, un peu de rouge à lèvres.
Au moment de dessiner un trait sur ma paupière, je suspends mon geste.
Non. Pas de crayon, pas de mascara. Rien.
Pendant toutes les années qu'a duré mon analyse, je ne suis jamais venue à une séance les yeux maquillés.
Au cas où je me mettrais à pleurer.
Le parquet grince, un bref remue-ménage, et les talons de la femme claquent dans la cour. Allez, va-t'en.
À moi, maintenant.
La porte s'ouvre dans un raclement doux.
— Bonjour.
Ses cheveux sont tout blancs.
Il me sourit.
Son bon sourire.
Je reconnais sa poignée de main, chaude et rapide.
Il me désigne non pas le divan, mais le fauteuil, face au sien.
Et il referme la porte.

Un, deux, trois, j'y vais. C'est glacé. Je suffoque. Vite, des mouvements, des battements, je m'agite, ça va mieux.
Je plonge la tête sous l'eau. Je vois des rochers, des algues sombres, des oursins, quelques petits poissons. Le froid m'enserre les tempes.
Alors je nage.
Je nage de toutes mes forces, vers le sable clair, là-bas ; vers le large.
Je suis seule. C'est le 11 novembre, personne ne se baigne.
Debout sur la plage, Serge ne me quitte pas du regard.
Je lui fais signe que tout va bien.
Mes bras, mes jambes se tendent. Je m'étire.
Oui, tout va bien.
L'eau file le long de mon corps, elle me rince, elle me lave, et elle emporte tout, l'oreiller jaune, l'adolescente *énorme*, et le crâne de mon père.

Le sentier douanier est trop étroit pour que nous nous tenions côte à côte. Anne marche vite. Je la suis. Elle enjambe une flaque, hop, elle évite une grosse pierre ; les yeux fixés sur ses tennis blanches, je fais tout comme elle.
Sans même se retourner, elle me pose des questions sur l'état de mon père.
L'AVC, la dépression, je lui raconte tout.
À la tension de sa nuque, de ses épaules, je sais qu'elle m'écoute.
Il m'a demandé de l'aider à en finir.
Est-ce parce que je l'ai prononcée au soleil couchant, sur ce chemin qui sent l'eucalyptus et le curry ? Pour la première fois, avec ses *m*, ses *l* et ses *d*, la phrase me semble mélodieuse.
Ilmademandédelaideràenfinir.
Anne ne ralentit pas.
Je la talonne, si proche d'elle que je distingue sous son omoplate droite un minuscule insecte qui se débat, prisonnier des filaments laineux de son chandail bleu ciel.
Elle s'arrête net. Je manque de lui rentrer dedans.
La lumière, presque rose, rend son visage plus tendre encore. J'entends, tout près de nous, le doux clapotis de l'eau. Anne me sourit.
— Tu as bien fait de m'en parler.
Elle est depuis longtemps membre d'une asso-

ciation qui milite en faveur du droit de chacun à décider de sa fin de vie.
— Je vais t'aider.

Nous faisons demi-tour. L'air s'est rafraîchi. Le soir tombe. Au loin, on aperçoit la maison ; il y a de la lumière dans toutes les chambres. Nous sommes nombreux.
Le dîner sera gai.
J'ai faim.

Il n'a touché à rien. La nourriture est froide.
Pendant mon absence, j'ai appelé Pascale tous les jours, et chaque fois elle m'a dit qu'il mangeait bien.
— Tu n'as pas faim ?
Pas de réponse.
Quelque chose ne va pas.
Quand je suis entrée, il s'est détourné. Et il n'a pas bougé lorsque je me suis penchée pour l'embrasser.
Je n'ai pas insisté, j'ai un gros rhume que je ne veux pas lui passer.
Peut-être m'en veut-il d'être partie cinq jours ?
Pourtant, avant mon départ, je lui avais demandé s'il souhaitait que je reste, et il m'avait répondu « Jamais de la vie ».
— Qu'est-ce que tu as ? Qu'est-ce qui se passe ?
Je fais le tour du lit. Il se tourne de l'autre côté.

On dirait qu'il cherche à dissimuler son visage.
— Papa, regarde-moi.
— Laisse-moi.
Je ne sais pas quoi faire. Je reste plantée là, avec mon nez qui coule.
— Va-t'en.
Je vais partir. Mais avant, je prends un kleenex sur la table de nuit et je me mouche.
D'un coup, mon nez se débouche.
Alors je sens l'odeur.
Comment ne l'ai-je pas sentie plus tôt ?
Cela doit faire des heures que mon père baigne dans sa merde.
« Tu n'as pas demandé qu'on vienne te changer ? »
Il ne me répond pas. Il pleure.
J'ouvre la fenêtre.
Ma mère disait toujours « C'est fou ce qu'André est propre ».
Pendant la guerre, passant par l'Espagne pour rejoindre les Forces françaises libres à Londres, il a été capturé et emprisonné au camp de Miranda de Ebro. Il m'a souvent raconté qu'il y avait attrapé la dysenterie et, qu'en l'absence de papier hygiénique, il avait pris la décision de s'essuyer avec ses derniers billets de banque.
Au poste des infirmières, c'est la pause-repas.
On changera votre père plus tard.
Avant de rentrer dans la chambre, je vérifie que la petite lampe rouge d'appel, au-dessus de la porte, est allumée.
— Ne reste pas.

Je m'approche de lui, je pose ma main sur son bras.
Je ne partirai pas.
Je m'assieds entre la fenêtre et le lit.
Est-ce grâce à mon rhume ? L'odeur ne me dégoûte pas.
Mes parents fermaient rarement la porte de leur salle de bain. Pascale et moi voyions notre père nu dans la baignoire, ou devant le lavabo.
Parfois même assis sur le siège des toilettes.
Cela ne le gênait pas.
Nous non plus. Je crois.
Je n'en ai jamais parlé avec ma sœur.
J'entends des pas dans le couloir, ils s'éloignent.
Même si ça ne sert à rien, j'appuie encore une fois sur la sonnette d'appel.
Personne.
Sur le plateau du déjeuner, la purée beige s'est figée. Allez, j'enlève tout ça.
J'en ai marre.
Je pousse la porte de la petite salle de bain. J'allume. Le néon tremblote, puis se stabilise.
Quelque chose me frôle la joue. C'est une sangle du lève-malade qui pendouille du plafond.
Une couche neuve est posée sur un tabouret en plastique.
Elle me paraît immense.
La partie rembourrée de l'entrejambe ressemble à une énorme langue blanche.
Non. Je ne peux pas.

J'éteins la lumière, je referme la porte. Je retourne m'asseoir.
Et nous attendons.

Nous avons attendu deux heures.
Le docteur H. est sincèrement désolée de ce malheureux contretemps. L'hôpital doit actuellement faire face à de gros problèmes de sous-effectifs.
Mais que je ne m'inquiète surtout pas, elle veillera personnellement à ce que cela ne se reproduise pas.

En rentrant, j'allume mon ordinateur. J'ai un mail d'Anne. Elle a contacté la déléguée de l'Association, lui a expliqué ma situation, et lui a communiqué mes coordonnées.
La déléguée m'appellera bientôt.
L'espace d'un instant, je revois Pascale, la mousse de bière sur sa lèvre supérieure, le restaurant thaï.
— D'ailleurs, qu'est-ce que ça veut dire, *concrètement,* « l'aider à en finir » ?
Je regarde fixement les lettres noires, le fond blanc *La déléguée t'appellera bientôt.*
Concrètement.
Je cligne des yeux. L'écran m'éblouit.
J'éteins.
Le rectangle gris de la boîte de dialogue surgit.

Souhaitez-vous réellement éteindre votre ordinateur maintenant ?
Si vous ne faites rien, le système s'éteindra automatiquement dans 51 secondes.
Le compte à rebours.
Je reste immobile.
Vais-je *réellement* aider mon père à en finir ?
6, 5, 4, 3, 2, 1.
Zéro.

Je me redresse brusquement. La chambre est complètement silencieuse. Il n'y a pas un bruit. Je n'entends pas Serge. Il ne ronfle pas. Et s'il ne respirait plus ? Je distingue, sur l'oreiller, ses cheveux plus sombres que la nuit. Il ne bouge pas.
Je me penche sur lui, ma joue contre ses lèvres. Pas le moindre souffle.
Je touche son bras. Sa peau est froide. Il ne bouge pas.
« Serge. » Je le secoue. « Serge » je crie presque.
Enfin, il s'agite. « Qu'est-ce qui se passe ? »
Je ne réponds pas. Mes dents s'entrechoquent. Je tremble.
« Tu as de la fièvre. » Sa main est fraîche sur mon front.
Il allume, se lève, revient avec un verre d'eau et deux Doliprane. Je les avale.
Il se recouche, me serre contre lui.
Mes mâchoires se calment.

Le contact glacé du stéthoscope m'a fait tressaillir. Notre médecin généraliste souriait, comme toujours. Il sentait bon. J'ai probablement attrapé un des virus qui traînent en ce moment, rien de grave. De l'ibuprofène pour faire baisser ma température. Et du repos, du repos, du repos.

« Mmmm Mmmm Mmmm ». Je sursaute. Mon portable vibre, il clignote. Dans les pulsations bleutées de l'écran, un numéro inconnu s'est affiché.
Avant même de répondre, je sais que c'est elle.

Elle se présente, Éliane Jousseaume, de l'Association.
Sa voix est un peu triste.
Je me lève. Le parquet est froid sous mes pieds nus.
Elle me questionne.
Je lui raconte tout, l'AVC, la dépression, et mon père qui ne se reconnaît plus. *Ce n'est plus lui.*
Je me suis approchée de la fenêtre du salon. Dehors, il fait déjà nuit. Je remarque, de l'autre côté de la rue, à travers des voilages, la lueur mouvante d'un téléviseur.
Éliane Jousseaume soupire.
— Si j'ai bien compris, votre père ne souffre pas *physiquement*? Il n'est pas sous traitement antalgique de niveau III, genre morphine ou fentanyl?

— Non.
Il y a un silence.
Je retiens mon souffle. Elle va me dire qu'elle est désolée, mais que dans ce cas, l'Association ne pourra pas m'aider.
Ma main est si moite que mon portable a failli glisser.
— Vous savez, ici, en France, depuis Vincent Humbert et Chantal Sébire, tout est devenu beaucoup plus compliqué. Avant, les choses se faisaient comme ça, sans en parler, mais maintenant…
Là-bas, l'écran projette quelques éclairs. Sans doute des coups de feu.
Elle m'explique la loi Leonetti, les amendements qui y ont été apportés et l'impasse dans laquelle se trouvent désormais médecins et malades.
— Pour en revenir à votre père, nous ne pourrons vraisemblablement rien faire ici.
En face, les flashes, fulgurants, se succèdent. Rafales de mitraillettes, jets de grenades, explosions auxquelles les voilages laiteux donnent une blanche incandescence.
— Il faudra que vous alliez en Suisse. Je peux communiquer vos coordonnées à une association avec laquelle nous sommes en contact. La femme qui s'en occupe est tout à fait remarquable, vous verrez.
De l'autre côté de la rue, les déflagrations ont cessé, l'écran s'est assombri. Il doit y avoir du sang partout, des corps déchiquetés, un calme

effrayant que seuls viennent troubler les gémissements des blessés.
— Ne vous en faites pas. De toute façon, je vous accompagnerai.
J'entends soudain la voix de mon père *En tout cas je ne veux pas surtout pas que cette bonne femme vienne avec nous.*
Mes jambes flageolent. Je n'arriverai jamais à regagner mon lit.

Je somnole.
Parfois, j'ouvre les yeux. Près de moi, à demi enfoui dans la couette mafflue, mon portable, compact et noir, ressemble à la crosse d'un revolver.

— Ah, c'est toi.
Bonjour quand même.
Je me penche pour l'embrasser, il se détourne légèrement. Je m'en fiche, je l'embrasse.
À cause de mon virus, je suis restée une semaine sans venir. Il ne m'en a pas voulu d'être partie en vacances, mais il m'en veut d'avoir été malade.
— Tu me fais la gueule ?
— À peine.
Je souris. J'aime bien quand mon père dit *à peine.* Et il le sait.
Sur la table, il y a deux boîtes de chocolats et une orchidée en pot.

— Tu as eu des visites ?
Il secoue la tête « Aucun intérêt ».
— J'ai du nouveau.
— Ah ?
Il n'a pas bougé et pourtant il semble s'être soudain redressé.
Je lui raconte le coup de téléphone de la déléguée.
Lorsque je lui explique qu'en France, c'est devenu trop risqué, il m'interrompt.
— Risqué pour qui ?
— Pour moi.
Pfff. Un haussement d'épaule.
— Alors qu'est-ce qu'on fait ?
Il y a de l'impatience dans sa voix.
— J'attends l'appel d'une organisation suisse. Il faudra probablement que nous allions là-bas.
Il relève la tête.
— En Suisse ? Très bien.
Et il bâille. Un long bâillement sonore.
YOOOWWWAAAA.
En vacances, il bâillait souvent ainsi ; il disait « C'est la détente ».
Sa tête retombe, il ferme les yeux.
Son visage rond, un peu plissé. *Tous les bébés ressemblent à André.*

La dame suisse a la voix légèrement chevrotante. Je l'imagine âgée. Elle parle le français avec un fort accent. Hémiplégie, Athymil, couches, j'ai recommencé mon récit, lentement, en articulant bien.

Au moment où j'allais prononcer ma phrase *Il m'a demandé de l'aider à en finir*, elle m'a interrompue.

— Alors votre père veut mourir, n'est-ce pas ?

Elle a dit *mourir*, pas *en finir*.

— Allô ? Vous êtes toujours là, n'est-ce pas ?

Oui.

Elle m'a proposé de nous rencontrer – Pascale et moi d'abord, notre père ensuite – la prochaine fois qu'elle viendrait à Paris, dans trois semaines.

D'accord.

Elle m'a demandé si nous accepterions de participer à ses frais de déplacement et d'hébergement, trois cents euros.

Bien sûr.

— Alors nous nous verrons le 12 décembre, à dix heures, à mon hôtel, n'est-ce pas ?

J'ai tout noté.

« Alors bonjour, madame Bernheim » et elle a raccroché.

Je fixe un instant mon téléphone.

Cela fait maintenant près de deux mois que mon père ne m'a pas appelée, deux mois que son numéro ne s'est pas affiché.

J'appuie sur le petit livre ouvert, la touche du répertoire.

Mon père est en troisième position, après Serge et ma sœur.

06 07 87 08 84
André

Un goût de whisky me vient soudain à la bouche. Est-ce celui que Pascale et moi avions bu il y a sept ans tandis que notre père se trouvait en réanimation, à demi inconscient ? Nous étions chez moi, dans le petit appartement bas de plafond où il faisait toujours froid. Nous venions d'apprendre que l'infection nosocomiale s'était compliquée d'une phlébite. *Le pronostic vital était engagé.* Pascale m'avait alors confié qu'elle ne parvenait pas à se représenter la vie sans notre père.

L'écran du téléphone s'assombrit, il va se mettre en veille. Je distingue encore les boucles des 8, l'angle pointu du A.
Et puis plus rien.
Voilà.
La vie sans mon père, ce sera ça, du noir. Et du silence.

Comme toujours, j'entre très doucement au cas où il dormirait. Je fais quelques pas en direction du lit et je stoppe net : les barreaux sont baissés, les draps lissés. Personne.
« Nuèle ! »
Je me retourne.

Mon père est assis.
Il porte sa chemise à carreaux vert foncé – *verdouillard*, comme il dit – et son pantalon de toile beige.
Je cligne des yeux.
L'espace d'un instant, il me semble que tout est redevenu comme avant. Mon père va se lever et je vais le ramener chez lui. Il trottinera dans le couloir, les pieds un peu en canard, et arrivé en bas, il me dira « pas besoin de taxi, y a qu'à prendre le 83, c'est direct », et nous en rirons.
Mon corps est lourd. Je me laisse tomber sur le lit, « Pchhhhhhh » le matelas anti-escarres se gonfle sous moi.
Je bâille.
Je m'allonge, et je bâille encore.
— Qu'est-ce qui t'arrive ?
— C'est la détente.
Mon père se met à rire.
Mon père.

Le docteur H. est plutôt optimiste. Mon père supporte d'être assis, une heure pour l'instant, on augmentera peu à peu la durée. Elle tapote ses notes. Dans deux semaines, sauf imprévu, il pourra partir d'ici.
Pascale et moi, nous nous redressons d'un même mouvement.
— Pour rentrer chez lui ?

Elle secoue la tête.
Non, il a encore besoin d'une structure médicalisée. Elle nous conseille une clinique que nous connaissons déjà. C'est là que notre mère a fait sa convalescence, il y a cinq ans, après une fracture du col du fémur.
Le docteur H. se propose de transmettre le dossier de notre père à sa consœur attachée à la clinique, le docteur J.
Elle nous tend un petit papier.
— Prenez rendez-vous de ma part avec mademoiselle T., la nouvelle directrice.

Il pleut, mais je m'en fiche, je chantonne jusqu'à l'arrêt d'autobus. Le voilà. « Bonsoir. » La conductrice me sourit. Je valide mon passe Navigo.
Le siège de droite de la dernière rangée, tout au fond, est libre.
C'est ma place préférée. Les personnes âgées et les femmes enceintes viennent rarement jusqu'ici.
Je m'assieds contre la coque renflée qui isole le moteur. Le revêtement est tiède, presque chaud.
Les antidépresseurs font leur effet, mon père va mieux, il va quitter Broca.
Il n'y aura plus d'Association, et plus de Suisse.
Je ferme les yeux.
Le moteur ronronne contre mes côtes.
Tout va bien se passer.

Pascale appelle le syndic de l'immeuble de nos parents.
Pour faire installer un monte-escalier entre le demi-étage où s'arrête l'ascenseur et leur palier, il faudra organiser une assemblée générale extraordinaire des copropriétaires, et s'y prendre à l'avance.
Je fixe un rendez-vous avec une entreprise de matériel médical afin d'équiper le plafond de la chambre et de la salle de bain d'un rail lève-personne, comme à Broca.

Serge et moi allons visiter l'appartement d'Yves Saint Laurent, rue de Babylone, avant qu'objets et tableaux ne partent pour la vente de Christie's. Je regarde tout, je dévisage tout le monde, je goûte chaque petit-four du buffet. Je veux pouvoir tout raconter demain à mon père.

Je ne dors pas, je prépare mon récit. Deux fois, je me relève pour noter des détails.
Je glousse toute seule dans le noir.
Je vais le faire rire, j'en suis sûre.

— Pas de nouvelles de la Suisse ?
Je n'ai même pas eu le temps de lui décrire le jardin.
Je ne réponds pas. Je ne sais pas quoi dire.
— Je t'ai posé une question.

— Non, toujours rien. Mais nous nous occupons de réaménager l'appartement pour que tu puisses…

— Fiche-moi la paix avec ça. Je ne veux pas rentrer.

Il secoue la tête en soufflant.

— Laisse-moi seul.

Je ramasse mon sac.

— Et rapporte-moi des lames de rasoir. Merci.

Avant de refermer la porte, je vois son petit corps, tout entier contenu dans le grand fauteuil roulant bleu marine, et les larmes me montent aux yeux.

Je me serre contre Serge, ses bras m'entourent. Je respire avec lui, mais cette fois le sommeil ne vient pas.

Je me dégage doucement, et je me lève sans bruit.

J'allume la lumière de la salle de bain. Le rasoir de Serge est là, sur le bord du lavabo. C'est le même que celui de mon père. Au-dessus du manche métallique et noir qui va s'élargissant comme le cou d'un cobra, les trois lames, parallèles, fines.

Pourrait-il s'entailler les veines avec ça ?

Je saisis le rasoir de ma main gauche et je l'approche de mon poignet droit. Plus près. Encore. Aïe. Je me suis coupée.

Ce n'est pas profond, mais ça saigne.
Eau froide, Diaseptyl, pansement.

La note d'ouverture de mon ordinateur résonne dans la nuit. Je ne l'ai jamais entendue aussi clairement. C'est plutôt un accord qu'une note, me semble-t-il. Je demanderai à Pascale. Elle saura.
Je tape le nom de l'association suisse. La page d'accueil est toute simple. En haut à gauche, la petite photo d'une mer paisible et transparente, et en dessous, du même bleu, deux noms – dont celui de la dame –, l'adresse d'une boîte postale et, souligné, le lien de contact ; au milieu, une colonne de texte en allemand, et à droite, rien, un grand vide.
Je balade un instant le curseur sur l'écran mais la flèche noire ne devient main blanche que sur le lien qui mène à un formulaire que je ne remplis pas.
Le site de l'Association ne compte qu'une page.
Je devrais aller me coucher mais je reste là, les yeux fixés sur un long mot, le seul à figurer en caractère gras, sombre mille-pattes au cœur du texte.
Selbstbestimmung
Qu'est-ce que ça veut dire ?
Je clique sur le dashboard. Le rectangle bleu des mers du Sud s'affiche.
Traduire de : allemand
en : français.

Je tape le mot avec application, une lettre après l'autre, S-e-l-b-s-t-b-e-s-t-i-m-m-u-n-g.
Je retiens mon souffle.
« Autodétermination »

La chambre est calme. J'avale un quart de Lexomil. Un autre.
Le corps de Serge est chaud.
Je revois un instant le petit carré de mer gris-bleu, mais il s'efface aussitôt et *Autodétermination* surgit, noir, qui se forme et se déforme. Autodestruction, Terminator, détonation, terrain miné. Ma tête explose.

La salle d'attente est claire et gaie. Sur un guéridon, des magazines de cinéma. Je feuillette le premier numéro de la pile. *Entre les murs* a fait plus d'un million et demi de spectateurs. Parmi eux, mon père ; c'est le film qu'il a été voir la veille de son AVC, avec G.M., à la séance de vingt heures. Dès les lumières éteintes, il a dû s'endormir. Que ce soit au cinéma ou devant la télévision, depuis quelques années, il s'endort presque toujours. Ses paupières se ferment, sa mâchoire inférieure se relâche, on entend des petits bruits secs et gutturaux, et sa tête tombe sur sa poitrine avant de brusquement se redresser puis de retomber. Et ainsi de suite. Pascale l'imite très bien. Ça nous fait rire.

— Emmanuèle Bernheim.
Des chaussures noires, vernies et pointues. Mon médecin généraliste se tient devant moi. Il me sourit. Je me lève, il me serre la main, et je le suis dans son bureau, respirant dans son sillage l'odeur légère de son eau de toilette.
Il se cale dans son fauteuil.
— Qu'est-ce qui vous arrive ?
Infarctus choroïdien antérieur gauche, anévrysmes asymptomatiques des carotides internes, hémiplégie, dépression, mon père m'a demandé de l'aider à mourir, l'Association, Chantal Sébire, le rasoir, la dame suisse et le rendez-vous de décembre dont je n'ai encore parlé à personne, je lui raconte tout.
Il m'a écoutée, penché en avant, les coudes sur son bureau.
Son téléphone a sonné à plusieurs reprises, mais il n'a pas paru l'entendre.
— Je ne tiendrai pas le coup.
Il joint les mains, croise les doigts.
— Il n'y a personne d'autre que vous à qui votre père pourrait s'adresser ?
J'y ai déjà pensé. Il y aurait bien Daniel, son meilleur ami, mais sa santé est fragile, je crois qu'il doit bientôt subir une opération au cœur.
— Non.
— Et si vous refusiez, que se passerait-il ?
La purée beige, la bouillie verte, et mon père qui secoue la tête lorsque la cuillère s'approche de ses lèvres closes.

Mon père, de plus en plus pâle, de plus en plus maigre, qui ne cesse de secouer la tête.
Et puis qui ne bouge plus.
Voilà ce qui se passerait.

Je tends l'ordonnance à la pharmacienne.
— Je peux vous donner le médicament générique ?
Oui.
Je regarde la boîte. *Fluoxétine.*
Ainsi Serge ne saura pas que je prends du Prozac.
Un demi-comprimé chaque matin pendant une semaine, un entier par la suite si tout se passe bien. Traitement pour trois mois.
Les trois prochains mois. Décembre, janvier, février.
Je frissonne, et soudain la carte de France m'apparaît, telle qu'elle était affichée sur le mur de ma classe, verte avec les reliefs ocre rose et les fleuves comme des veines. Je vois le trajet, en biais, vers la Suisse et je nous vois, Pascale et moi, dans le sens inverse, remontant vers Paris avec, dans une grande housse noire, le corps de notre père.
Mort.

Le comprimé blanc se coupe facilement en deux.
Il laisse sur ma langue un léger goût d'anis.

Mon père connaît le président du groupe dont la clinique fait partie, et hier, à son arrivée, des fleurs et des chocolats l'attendaient dans sa chambre.

Il a maintenant un fauteuil roulant neuf, gris.

Appuie-tête, dossier inclinable, coussin anti-escarres, gouttière hémiplégique pour son bras droit, repose-jambes avec palettes articulées, une ergothérapeute en a effectué les réglages avant qu'il ne quitte Broca.

Serge et moi, nous sommes assis en face de lui.

Les meubles et les rideaux ont des teintes orangées et, malgré la grisaille de décembre, deux grandes fenêtres rendent la pièce lumineuse.

Serge raconte quelque chose, mais mon père ne l'écoute pas, ses yeux sont fixés sur les pieds cannelés de ma chaise.

— C'est là qu'elle s'assiéra ?

La dame suisse a confirmé notre rendez-vous, à dix heures, demain. D'abord nous la retrouverons à son hôtel, Pascale et moi, ensuite nous l'emmènerons ici afin qu'elle rencontre mon père.

— Oui.

Il hoche la tête.

— Très bien.

Il lève sa main gauche, le pouce et l'index dressés. C'est depuis peu son geste lorsqu'il a quelque chose d'important à dire.

— Il faudra absolument penser à la prévenir qu'elle me donne une forte dose, sinon ça ne marchera pas. Depuis mon pontage, j'ai le cœur très solide.

Il pleut. Le long autobus est plein. On me pousse vers l'accordéon. Je revois soudain les soufflets entre les wagons du train d'Elbeuf, le vacarme, les courants d'air froid et les parois qui se déployaient et se contractaient comme les côtes d'un dragon. Ma mère quittait Elbeuf dès qu'elle le pouvait. Elle m'emmenait tous les jeudis à Paris, chez le dentiste. Dans la salle d'attente, il y avait un gros bloc d'améthyste dont les cristaux, à l'intérieur, formaient des rangées de canines mauves.

La pression se fait plus forte, je ne résiste pas. Ce tronçon flexible n'est pas un dragon, et je ne suis plus une petite fille. J'avance vers les zigzags gris. L'autobus tourne, le sol métallique pivote sous mes pieds. Je n'ai même pas besoin de me tenir. Je suis solide. Comme le cœur de mon père.

Je longe le quai. La pluie s'est arrêtée, et l'air a une odeur de Bretagne. Je m'appuie contre le parapet, entre les boîtes de deux bouquinistes. La pierre est humide comme un rocher. Je regarde défiler l'eau grise. Ça va à toute allure. J'ai brusquement envie de nager, de filer avec le courant, d'aller jusqu'à la mer. Seine-Maritime. Et si je retournais à Elbeuf? Mais la maison a été vendue il y a longtemps, elle a été transformée, je ne la reconnaîtrais plus m'a dit mon père. Le magnolia dont, en y grimpant, Marion avait cassé une grosse branche a dû être abattu. Ses fleurs étaient drues, des endives roses.
Allez. Je tourne le dos à la Seine, et je traverse.

À peine ai-je poussé la porte vitrée du petit hôtel que nos regards se croisent. Je sais que c'est elle, elle sait que c'est moi. Je me dirige vers elle, elle vient à ma rencontre, grande, mince, pull-over et pantalon noirs, bijoux dorés. Son sourire est large. Après le parapet froid, la main de la dame suisse me semble chaude.
Nous nous asseyons près du bar.
En attendant Pascale, elle m'explique qu'elle était magistrate et qu'une fois à la retraite elle a rejoint l'association fondée par un de ses amis, professeur de médecine.
Ses yeux sont vifs, elle plaira à mon père, j'en suis sûre.
Voilà Pascale. Son imperméable, presque blanc,

éclaire le bar. Elle serre la main de la dame suisse et m'embrasse, museau frais contre ma joue. Nous commandons trois cafés.

— Alors, parlez-moi de votre père.

Nous lui racontons les voyages aux quatre coins du monde avec Raphaël ou d'autres, les dîners au restaurant, les concerts, films, vernissages et expositions, et les virées nocturnes – il appelait ça « prendre le frais » – dont nous ne savions rien. Et puis l'AVC, et son corps qu'il ne reconnaît pas, cet homme qui n'est plus lui.

La dame suisse hoche la tête.

— La souffrance morale est aussi pire que la souffrance physique, n'est-ce pas ?

Il n'y a rien de triste dans son visage.

Un jeune homme en jean nous apporte nos cafés. Dans chaque soucoupe, un mini-spéculoos enveloppé de cellophane.

— Est-ce que votre père a écrit une lettre, ou un papier au sujet de sa volonté ?

— Non, je crois qu'il a toujours pensé que ça lui arriverait d'un coup.

Il y a quelques années, lorsqu'il a fait une embolie pulmonaire sur le Machu Picchu, je lui ai reproché son imprudence. Il a haussé les épaules, et puis, avec un léger sourire, un sourire rêveur, il a ajouté que ça aurait été *idéal* de mourir comme ça, *paf*, en voyage.

— Votre père est un homme très…

— Vivant.

Pascale et moi l'avons dit ensemble. Nous nous sourions, toutes les trois.
La dame suisse boit une gorgée de café, et repose sa tasse.
— Alors je vais vous expliquer. Tout d'abord, il y a un dossier à remplir.
Elle ouvre une enveloppe demi-format, en sort des feuillets pliés.
Le premier est bleu. C'est la liste des documents à fournir. Pascale lit en même temps que moi. Il y en a une quinzaine. Le premier est *un certificat médical (l'histoire du malade – bien lisible)*, le dernier est *l'adresse à laquelle l'urne ou le cercueil devra être envoyé (pompes funèbres)*.
Le bras de ma sœur s'est raidi contre le mien.
Viens Pascale, on s'en va, on fout le camp. Ce n'est pas à nous de faire ça, il se démerdera tout seul.
Mais je reste là, assise. J'essaie de dépiauter mon spéculoos et je n'y arrive pas, l'ongle de mon pouce, trop rongé, n'entame même pas le papier. Pascale me le prend des mains et l'ouvre en deux secondes. Ma petite sœur à l'imperméable blanc. Le minuscule biscuit craque sous mes dents en un vacarme assourdissant.
D'autres feuillets, un formulaire d'inscription, un mandat, et un fascicule en français – une sorte de mode d'emploi.
La dame suisse remet tout dans l'enveloppe et me la tend. Je la prends du bout des doigts. Mon pouce se colle à la bande adhésive du rabat.

— Voilà, alors une fois que tout ça est fait, on peut décider si oui ou non on accepte votre père.
— Si vous l'acceptez, qu'est-ce qui se passe ?
— Votre père doit venir en Suisse, à Berne. Là, il verra notre médecin qui dira s'il est bien conscient et s'il a toujours son désir de mort volontaire. Si oui, alors, votre père boira d'abord un médicament qui l'empêchera de…
Elle cherche le mot.
— De vomir ?
— Oui. Alors, on attend un peu. Il y aura de la musique. On lui donnera la potion, qui est amère. Après, il s'endort tranquillement, en écoutant la musique.

Soleil vert. Il y a longtemps que je n'ai pas pensé à ce film et pourtant des images me reviennent, si nettes que je me demande si je ne les invente pas. Je revois un horrible futur, un monde privé de ressources naturelles, et Edward G. Robinson qui, ayant décidé d'en finir, pénètre, tout petit bonhomme, dans une immense clinique blanche, fait la queue au guichet, choisit la musique qu'il veut écouter pendant ses derniers instants, puis allongé sur un lit étroit, bordé comme un enfant, il boit la potion que lui tendent un homme et une femme vêtus de blanc, et enfin il s'endort paisiblement bercé par la *Symphonie pastorale.*
Pas mon père. Je surprendrais son regard sur l'homme en blanc, nous éclaterions de rire, et il ne boirait pas la potion.

— Votre père doit être capable de prendre lui-même le verre et de le boire tout seul. Sinon, on ne peut rien faire. Nous l'assistons dans son suicide, mais ce n'est pas nous qui le tuons, n'est-ce pas ?

Mon pouce se décolle de l'enveloppe, je la fourre dans mon sac. Je pourrais aussi bien la jeter à la poubelle, nous n'en aurons pas besoin. Mon père n'ira pas en Suisse.

Dès que la dame lui aura tout expliqué, il changera d'avis, j'en suis sûre.

J'avale mon café.

Allons-y.

Nous nous séparons sur le trottoir. Pascale file à la gare prendre un train pour son festival, la dame suisse et moi montons dans un taxi, direction la clinique.

Mon père nous attendait. Il a sûrement choisi cette chemise bleu clair en l'honneur de la dame suisse. Il se tient droit. Ses yeux brillent, ses joues sont roses d'excitation. Il est beau.

Ils préfèrent tous deux que je reste : comme mon père ne parle pas très distinctement, elle craint de mal le comprendre.

Elle s'est assise en face de lui, sur la chaise aux pieds cannelés. Il s'est un peu penché vers elle. Il veut savoir d'où elle vient. De Zurich. Il connaît bien, il y a des amis. Il essaie de dire quelques mots en allemand, elle lui répond. Il est content. Elle prend une longue inspiration.

— Vos filles m'ont expliqué que vous souhaitiez…

— OUI.

Un mouvement de la tête, de haut en bas, un acquiescement plein de force.

Tandis qu'elle lui parle, il ne cesse de hocher la tête, le menton en avant, ferme.

Le dossier à remplir, la Suisse, le médecin, la musique, l'anti-émétique et la potion, il dit oui à tout.

— Où est-ce que ça se passe ?

— À Berne.

Il fait la moue.

— J'ai été un peu déçu par la Fondation Klee.

Elle ne paraît pas avoir entendu.

— Vous devez être capable de boire vous-même un décilitre de liquide, n'est-ce pas ?

« Ah bon. » Mon père tend sa main gauche vers la table de nuit, prend son verre et boit, les yeux fixés sur elle.

De petits poils blancs brillent sur sa pomme d'Adam qui monte et descend.

Il repose le verre en le cognant exprès contre la table. Et son sourire est triomphal.

— Quand ?

La dame suisse écarte les mains.

— Quand vous voulez, le temps de réunir tous les documents du dossier, et aussi c'est bien d'attendre un peu, pour être sûr…

Il hausse les épaules.
— J'aime autant le plus tôt possible.

Il repleut. Le parapluie de la dame suisse nous abrite toutes les deux.
— Votre père semble très déterminé, n'est-ce pas?
Autodétermination. Le monstre du Loch Ness surgit devant mes yeux, d'abord la tête, dressée sur un cou sinueux, ensuite le corps, ondulant, noir, *Selbstbestimmung*.
J'aspire une longue bouffée d'air froid. J'ai envie d'une cigarette, là, tout de suite. Je souffle, mais rien ne sort de mes lèvres, à peine un lambeau de brume pâle.
Bip bip bip bip, et je valide. Code bon, n'oubliez pas votre carte, prenez vos billets. Trois cents euros, ma participation aux frais de déplacement de la dame suisse.
Je la raccompagne jusqu'à la station de taxis.
— Alors, j'attends votre dossier.
Elle me serre doucement l'avant-bras.
— Si vous avez des questions, ou n'importe quoi.
Elle me sourit.
Je l'embrasse.
La portière se referme, le taxi démarre.
Je fouille dans mon sac, je reconnais au toucher la minuscule boîte ronde, et hop, je croque un quart de Lexomil.
Je retourne à la clinique.
Mon père est en train de déjeuner. Il s'interrompt en me voyant.

— Alors, comment j'étais ?
Je le regarde, cuillère en l'air, bavoir autour du cou, petit nez, petit visage. Mon père.
Je fonce sur lui, et je le prends dans mes bras.
— J'étais bien, non ? Je pensais que je serais tout chose, et finalement pas du tout, je me suis senti très à l'aise. J'ai eu *un très bon contact*, comme dirait ta mère.
Je m'assieds en face de lui, à la place de la dame suisse.
— Tu vas t'occuper des papiers ? Montre-moi ça.
— Finis d'abord de déjeuner.
Il obéit.
Il mange avec appétit, sans perdre des yeux l'enveloppe kraft que j'ai posée à côté de moi, sur l'autre chaise.
« Où sont mes lunettes ? » Je les lui donne.
« Enlève-moi ça. » Je débarrasse le plateau.
« Ça aussi. » Je défais son bavoir.
Il tend la main vers l'enveloppe. Je sors d'abord le fascicule.
C'est la première fois depuis son AVC que je le vois essayer de lire. Œil droit fermé, il suit avec son index, lettre par lettre, mot par mot. Il fronce les sourcils.
— Qu'est-ce qui est écrit là, je n'y arrive pas ?
— *Désespérément.*
— Et là ?
— *Intolérable.*
On frappe à la porte. Je lui reprends les papiers. C'est un homme en blouse blanche, l'un des kiné-

sithérapeutes de la clinique. Il vient *faire travailler* mon père.
Je ramasse mon sac, mon manteau, un baiser sur le crâne. Je m'en vais.
« Nuèle ! »
Je me retourne.
— Demain c'est bien le 13 décembre ?
Mon anniversaire, je n'y pensais plus.
— Bon anniversaire, ma fille.
Son sourire est si tendre, ma gorge se serre. Il faut que je sorte, vite.
« Nuèle ! »
Mes doigts se figent sur la poignée. Il va me dire merci, me sourire encore et je vais me mettre à pleurer.
— Tu penses à mon dossier, hein ?
Je referme la porte et je m'en vais.
Mes yeux sont secs.

Je tape « Berne » dans Google. Résultats : 31 800 000. Je clique sur le premier, Wikipédia.
Berne, *Bern*.
Daney m'appelait « Bern ». Une année, à la fin du festival de Cannes, il était venu me rejoindre chez mes parents, dans le Var. Nous regardions tous ensemble le tournoi de Roland-Garros. Il appelait mon père André, et moi Bern. Il prononçait « Beurn », avec l'accent américain. Ça agaçait mon père.

Je regarde une photo de la ville, prise un jour de beau temps. Elle ne paraît pas grande, enserrée dans un fleuve en forme de fer à cheval turquoise. Il y a beaucoup d'arbres, des parcs. La clinique a-t-elle un parc ? J'ai oublié de demander son emplacement à la dame suisse.
Je sors l'enveloppe kraft de mon sac, je déplie la feuille bleu azur sur mon bureau. C'est la couleur préférée de Noémie. Je lui ai offert un tapis, une couverture, des stylos, des sweat-shirts, des écharpes, plein de trucs bleu azur. Je voudrais pouvoir la faire apparaître devant moi d'un claquement de doigts, ma nièce dodue, avec son rire et sa bouille joyeuse.
Bon, voyons la liste.
Certificat médical (histoire du malade – bien lisible)
Ça, il faudra que je le demande au docteur J. J'espère qu'elle me le donnera.
Carte de membre de l'association (peut être délivrée en Suisse)
On verra plus tard.
Échantillon d'écriture
Impossible. Malgré les séances d'orthophonie, mon père ne parvient pas encore à tracer la moindre lettre de la main gauche.
Déclaration concernant la mort volontaire d'un proche ou d'une personne de confiance (si possible mais ce n'est pas une condition)
Si je comprends bien, c'est à moi – à Pascale et à moi – d'écrire une lettre signifiant notre accord avec notre père quant à sa volonté de mourir ?

Je replie la feuille bleue.
Je m'occuperai de tout ça demain. Non, lundi. Ce week-end, je veux rester avec Serge, et profiter de sa présence. Et puis demain, c'est mon anniversaire. Pas de docteur, pas de clinique. Et pas de mort. Qu'on me foute la paix.

— Bon anniversaire, mon amour.
Je me blottis contre Serge.
Il est presque onze heures. Je crois que c'est la première fois que je me réveille aussi tard le jour de mon anniversaire.
D'habitude, chaque 13 décembre, mon père me téléphonait, toujours très tôt quel que soit le jour de la semaine. « Je te réveille ? » Si je répondais oui, il avait un petit gloussement ravi, si c'était non, j'entendais un *ah* déçu. Et nous riions ensemble.
Puis dans la matinée, je recevais des fleurs, un bouquet qu'il avait lui-même fait composer, *pas du prêt-à-porter.*
Aujourd'hui, rien.
Je me lève. Vite, le petit déjeuner. Je m'habille, mon manteau, mon sac. L'autobus arrive dans quatorze minutes, le temps d'attente, le samedi, est interminable. Tant pis, je prends un taxi.

Mon père est de mauvaise humeur.
— Qu'est-ce qui ne va pas ?
Il secoue la tête.
— C'est effrayant, je ne me souviens plus de rien.

— De quoi, par exemple ?
— Ce que je te chantais, pour t'énerver, le jour de ton anniversaire.
Je siffle le début de *Si j'avais un marteau.*
Son visage s'illumine.
— Oui, c'est ça !
Et il se met à fredonner.
— Qu'est-ce que vous faites ce soir ?
— On va dîner à L'Écailler du Bistrot.
Il sourit « Aha, qui est-ce qui t'a indiqué cet endroit ? »
« Toi. »
Je souris à mon tour.
On frappe à la porte, deux aides-soignantes entrent, pour sa toilette.
Il fait un petit bruit agacé.
— Vous pouvez attendre une minute ? Il faut que je dise quelque chose à ma fille.
« Bien Grand Chef », elles referment la porte.
— J'ai pensé à une chose, avant de partir à Berne, j'aimerais bien faire un dernier repas avec Serge et toi au Voltaire. Je prendrai une salade avocat et pamplemousse. Et puis des frites. J'espère que Thierry sera là.
Thierry est l'un des serveurs du Voltaire. Il embrasse toujours mon père.
— On pourra même y aller avant.
Il secoue la tête.
— Non, ce sera très bien à ce moment-là.
Un geste du menton vers la porte.
— Tu peux leur dire qu'elles viennent.

Le plateau de fruits de mer est immense.
Nous sommes cinq, Serge et moi, Pascale, Miguel l'homme qu'elle aime, et Catherine Klein, notre plus vieille amie. Ma sœur m'offre des verres multicolores, Catherine des assiettes et des boîtes orange et bleues. Serge a commandé une bouteille de condrieu. Nous trinquons. Je croise le regard de Pascale et, l'espace d'un instant, il n'y a plus que ma sœur, son verre contre le mien et mes yeux dans les siens.

— Je suis à la clinique. Hier soir, il y a eu un problème avec G.M. Bref, Papa est assez perturbé. Ce serait peut-être bien que tu viennes.
Pascale parle bas, j'entends en bruit de fond le son d'un téléviseur, et des voix, lointaines.
— J'arrive.

Mon père est dans son fauteuil gris, le menton sur la poitrine. Il marmonne un vague bonjour. Pascale est debout face à lui, les bras croisés.
— D'après ce que la sous-directrice m'a raconté, G.M. vient tous les soirs, très tard. Il prétend qu'il est de la famille, alors on le laisse entrer. Hier quand Kader, l'aide-soignant de nuit, est arrivé pour la toilette et les médicaments du coucher, et lui a demandé de partir, G.M. a refusé.

Kader a insisté, ça s'est envenimé et ils se sont presque battus.
La tête de mon père s'affaisse davantage.
— Puisqu'il ne travaille pas, il pourrait venir plus tôt, non ?
Un long soupir.
Je vois son crâne, sa nuque, et un peu plus bas l'endroit où petits cheveux et longs poils se confondent.
Un jour, il m'avait annoncé sa décision de se faire épiler le dos, puis il avait ajouté à mi-voix mais suffisamment fort pour que je l'entende *Il y en a qui n'aiment pas ça.*
Un autre soupir.
Il commence à secouer la tête.
— J'en ai marre. Je ne veux plus.
— Tu ne veux plus quoi ?
— Qu'il vienne.
Nous nous asseyons en face de lui.
— Tu le lui as dit ?
« Non ! » Il a presque gémi.
— Pourquoi ?
— Je ne peux pas, j'ai…
Il renifle.
— J'ai peur.
C'est la première fois que j'entends mon père dire qu'il a peur.
Je me penche vers lui, j'essaie de voir son visage. Un filet de morve descend, descend, vers ses genoux. J'attrape un kleenex sur la table de nuit et le lui tends.

« Papa. »
Il ne bouge pas. Je me penche encore. « Allez. » Je pince ses narines dans le mouchoir blanc.
— Vas-y.
Il se mouche, son nez vibre entre mes doigts.
— Tu veux que nous lui parlions ?
Il redresse la tête.
— Oui. J'en ai marre.
Il me prend le kleenex des mains, se remouche et le roule en boule.
— Tiens, tu peux jeter ça.

— S'il ne veut plus me voir, ton père n'a qu'à me le dire lui-même.
— Tu sais très bien qu'il a peur de toi, après ce qui s'est passé l'année dernière.
— Je ne voulais pas lui faire de mal, et il l'a parfaitement compris puisqu'on a continué à se voir.
— En tout cas, maintenant il te demande de le laisser tranquille.
— Il n'a qu'à me le dire lui-même.
Et il raccroche.
— Je suis sûre qu'il croit que c'est nous qui voulons l'écarter.
— Il faut que Papa lui parle.
Pascale écrase sa cigarette. Nous remontons dans la chambre.

La ligne téléphonique a été branchée, mais le fil est tout tirebouchonné. Je laisse pendre et tournoyer le combiné. Mon père ne le quitte pas des yeux jusqu'à ce qu'enfin il s'immobilise.

— Tiens.

Je plaque doucement le récepteur contre son oreille.

Pascale compose le numéro de G.M. J'entends la sonnerie.

— Tu préfères qu'on sorte ?

— Non, restez.

Allô ?

— Vas-y Papa, tu peux parler.

André ?

« Jiiiije vvv... » La bouche de mon père est collée à l'appareil.

« Je... ne vvv... » Des bulles de salive se forment sur ses lèvres, je l'essuie.

— Je ne veux plus que tu viennes.

Et il laisse retomber le combiné.

La voix de G.M. nasille au loin.

Je raccroche.

Mon père soupire.

— *BCDF.*

Dans notre langage familial, cela veut dire Bonne Chose De Faite.

Mon cousin François a fait livrer à la clinique l'énorme catalogue de la vente Pierre Bergé – Yves Saint Laurent.

— Fais voir.

Ça pèse plus de dix kilos, trop lourd pour les cuisses de mon père.

Je le lève à la hauteur de ses yeux, il penche la tête pour déchiffrer la tranche cuivrée des cinq tomes du coffret.

— Je ne vois rien.

Je sors le premier volume, *Art impressionniste et moderne*, et le pose sur ses genoux.

Je lui mets ses lunettes. Il regarde un instant le Fernand Léger qui est sur la couverture, et ouvre le catalogue broché, tout neuf, qui – *clac* – se referme aussitôt, glisse entre ses cuisses et tombe par terre.

Je le ramasse.

— Je vais t'aider.

— Non, je peux le faire seul.

Pour maintenir le catalogue ouvert, il doit aller chercher sa main inerte et la poser sur la page de droite, en plein sur la reproduction de l'œuvre qu'il veut voir ; alors, pour déplacer sa main, il la soulève et paf, le catalogue en profite pour se refermer.

Et il recommence.

Une fois, deux fois, trois fois. Quatre.

Il parvient enfin à maintenir ouverte la double page des *Coucous, tapis bleu et rose* de Matisse.

Il plisse les yeux, ferme le droit, fait une grimace, un petit bruit.

— Ffffff… Ils estiment le Matisse entre douze mille et dix-huit mille euros. C'est énorme.

— Tu veux dire entre douze et dix-huit *millions* d'euros ?

Son index gauche tapote les chiffres, tous les zéros.

« Douze mille, tu vois bien ! »
Il s'énerve.
— Papa, réfléchis : douze mille euros, ça ferait moins de cent mille francs.
Il me regarde, les yeux écarquillés, perdu. J'aurais dû le laisser tranquille.
Sa tête retombe sur sa poitrine.
Un long soupir.
— C'est épouvantable, si je perds la boule, on ne pourra même plus aller en Suisse. On ne pourra plus rien faire du tout.
Je range le catalogue.

Rrrrrrrrrr. Rrrrrrrrr. Les vibrations de mon portable se répercutent dans les pieds métalliques de ma chaise. Je me penche, j'entrouvre mon sac, PASCALE s'est affiché sur l'écran illuminé. Ma sœur sait que je suis toute la journée au CNC où nous auditionnons des producteurs. Si elle m'appelle, c'est important. Je demande une pause.
Hier soir, Kader a intercepté G.M. dans le couloir de la clinique alors qu'il venait voir notre père et l'a flanqué dehors.
G.M. était fou de rage.
Plus tard, le téléphone a sonné dans la chambre. Mais l'appareil était hors de portée et mon père n'a pas pu décrocher.
Ça s'est arrêté et puis ça a recommencé.
Encore et encore.

— D'après ce que m'a dit Papa, cela s'était déjà produit la nuit précédente, et il n'a pas osé demander qu'on lui enlève le téléphone.
La voix de Pascale s'est voilée.
— Il est complètement terrorisé. Alors je suis allée au commissariat dont dépend la clinique, et j'ai déposé une main courante.

Mon père est couché. Cette nuit encore, bien qu'on lui ait retiré le téléphone, il n'a presque pas dormi, et ce matin, après la toilette, il était trop fatigué pour qu'on puisse l'asseoir.
La directrice de la clinique est debout à côté du lit, une main posée sur les barreaux métalliques.
— Dans la mesure où vous nous dites que vous ne souhaitez plus recevoir de visites de cette personne, nous veillerons à ce qu'elle vous laisse tranquille. Il ne faut pas avoir peur. Vous êtes en sécurité ici, monsieur Bernheim. Vous comprenez ?
Mon père hoche la tête.
Elle se penche sur lui.
— S'il y a quoi que ce soit qui vous embête, il ne faut pas hésiter à nous le dire, hein monsieur Bernheim ?
— Oui.
— Allez, je vous laisse avec vos filles... Monsieur Bernheim, mesdames...
La directrice quitte la chambre.
Je referme la porte derrière elle.
— Tu es un peu rassuré, maintenant ?

Il respire à plusieurs reprises, et chaque expiration ressemble à un soupir.
« Ouishhhh ».
On frappe.
— Alors Grand Chef, on déjeune au lit aujourd'hui ?
Il n'a rien mangé depuis deux jours, et purée, bouillie, yaourt, compote, il dévore tout.

— Puisque vous êtes là toutes les deux, on pourrait peut-être en profiter pour choisir la date.
— Quelle date ?
— La date de la Suisse.

Pascale préfère éviter les semaines paires, celles où elle a la garde des enfants, et les vacances de Pâques.
Moi, je ne veux pas du mois de mai – trop de jours fériés, trop de ponts – et surtout il y a le Festival de Cannes et Serge ne sera pas là.
Et puis mon père trouve que c'est trop loin.
« Pourquoi pas en mars ? » Il glousse.
« La première semaine, par exemple ? » Ma sœur est née le premier mars.
— C'est pas drôle.
Nous nous mettons tous les trois d'accord pour la semaine du 6 avril.

Pascale et moi sommes penchées sur le calendrier de 2009, au début de mon agenda. Quinzième semaine de l'année ; Saint-Marcellin,

Saint-Jean-Baptiste-de-la-Salle, Sainte-Julie, Saint-Gautier, vendredi saint, Saint-Stanislas et dimanche de Pâques. Et juste à côté du jeudi, ☺, le visage rond et souriant de la pleine lune.
— Le jeudi 9 avril, qu'est-ce que tu en penses ?
À présent, mon père a lui aussi une tête de smiley.
— Mes filles.
Il ferme les yeux.
Le temps que nous débarrassions le plateau, il s'est endormi.

Le 9 avril convient à la dame suisse.

Malgré un demi-Lexomil et les ronflements de Serge, je ne dors pas. 11 + 31 + 28 + 31 + 9 = 110. Dans cent dix jours, mon père ira mourir en Suisse.
Je me lève, je vais dans mon bureau, j'allume mon ordinateur. À gauche de l'écran, la petite enveloppe s'agite : j'ai un nouveau mail. *Sans objet*, il vient de Pascale. Elle me l'a adressé à trois heures, elle non plus ne dort pas.
Je clique. Je lis.

Mon premier est un accapareur
Mon deuxième est un accapareur
Mon troisième est un accapareur
Mon quatrième est un accapareur
Mon cinquième est un accapareur
Mon tout est une maladie fort gênante en Société.

Réponse :
La colique
Car cinq accapareurs…

Et là, toute seule dans la nuit, je pleure de rire.

Catherine Putman est morte.
La dernière fois que nous avons dîné chez elle, c'était le vendredi 26 septembre. Elle toussait beaucoup. Mais pendant ce temps, mon père allait voir *Entre les murs,* puis il dînait à L'Assiette. Et le lendemain matin, Pascale m'appelait.
Et je ne me suis plus inquiétée de la toux de Catherine.
Elle a subi une petite intervention chirurgicale, une blépharoplastie. Après l'opération, elle toussait davantage.
Elle a fait des examens, beaucoup d'examens, et on l'a hospitalisée.
Elle me disait de ne pas venir la voir, que j'avais assez à faire avec mon père, et que nous nous verrions mieux quand elle rentrerait enfin chez elle.
La semaine dernière, à Cochin, avant qu'elle ne soit transférée à Villejuif, je l'ai regardée dîner. Assise en tailleur sur son lit, le visage illuminé par la chemise jaune de l'Assistance publique,

le regard agrandi, elle était belle. Elle riait, son accent du midi revenait. « *On ne peut pas dire que j'aie amorti mon opération : je ne suis sortie qu'une fois avec mes paupières neuves.*
Au moins, je mourrai belle. »

Jamais je n'ai vu Serge pleurer ainsi.

Mon père est en pleine forme.
Depuis maintenant un mois qu'il ne mange plus haché, il a repris du poids. Biscuits, chocolats, petits-fours, tous ses amis lui apportent des friandises. Il y en a partout. Le bas soleil d'hiver fait briller emballages dorés et rubans soyeux.
À peine ai-je eu le temps d'enlever mon manteau qu'il me désigne un gros ballotin blanc.
— Tiens, passe-moi ça.
Il choisit un rocher hérissé comme un virus et le fourre d'un coup dans sa bouche.
« Crom crom. » Ça craque sous ses dents.
— Tu fais une drôle de tête. Qu'est-ce qui ne va pas ?
— Je reviens de l'incinération de Catherine, au Père-Lachaise.
« Crom crom ».
— Il y avait du monde ?
Conservateurs de musées, collectionneurs, artistes – il veut savoir qui était là.
Je lui donne des noms.

Il cesse brusquement de mastiquer. Un temps.
— Pour moi, vous avez bien compris que le Kaddish doit être dit à Paris ? Parce que je ne sais pas si beaucoup de gens feront le déplacement jusqu'à Elbeuf.
— Mais tu es vraiment sûr de vouloir être enterré là-bas ? Avec tout ce que tu m'as raconté sur ton père ?
Il soupire.
— C'est pour être avec Maman.
« Crom crom ».

Je suis seule à l'arrêt d'autobus. Nous sommes lundi, et les quelques commerçants de la rue sont fermés. La nuit tombe. Tout est mort.
Mort.
J'ai froid, je veux rentrer à la maison.
L'autobus arrive. Ma place préférée est libre. Je fouille dans mon sac, la petite boîte verte, un quart de Lexomil.
Pourquoi pas un demi ? Allez.

He always run while others walk
He acts while other men just talk
He looks at this world and wants it all
So he strikes like thunderball
La voix de Tom Jones couvre le ronflement de la hotte.
Les tendrons de veau et les oignons rissolent, je débouche une bouteille de vin blanc, j'en verse un peu dans la cocotte et je m'en sers un verre.

Le vin est glacé, délicieux. Le *Best of James Bond* défile, je connais toutes les chansons par cœur. J'épluche les carottes. Un autre verre. Il faudrait peut-être que je fasse attention, avec le Lexomil et le Prozac. Je prends un couteau bien aiguisé, une planche.
Tac tac tac, de fines rondelles.
Il fait chaud et l'appartement sent bon.
Quand Serge rentrera, tout froid du dehors, le dîner sera prêt.
La tête me tourne un peu, mais ce n'est pas désagréable. Je monte le volume du lecteur de CD, et je chante avec Paul McCartney.
Say live and let die
Live and let die
Live and let die
Live and let die
Pam pam pam, pam pam pam, pam pam.
Pam pam pam, pam pam pam, pam pam.
Pam pam pam, pam pam pam, pam pam.

Vin blanc + Prozac + Lexomil, au réveil, j'ai mal à la tête.
Deux Advil, deux cafés, mon portable sonne.
— Madame Bernheim ? Ne quittez pas, je vous passe votre papa. Allez-y Grand Chef.
Ça crachouille, il parle trop près de l'appareil, mais je comprends qu'il veut que je vienne. Tout de suite.

Il est couché, le visage tourné vers la porte.
— Ah, Nuèle !
On ne lui a pas encore fait sa toilette, et le plateau du petit déjeuner, avec le pot de confiture de framboises de Pascale, est intact sur la table.
Sa main gauche se lève, pouce et index dressés.
— Très important : j'ai beaucoup réfléchi, au sujet de mon enterrement. Je me demande si je ne devrais pas rester à Paris. Je crois que ce serait mieux. Et puis si Raphaël veut venir me voir, ce serait plus simple pour lui. Qu'est-ce que tu en penses ?
Il respire plusieurs fois, profondément.
— Je laisse tomber mes parents. Le moment est peut-être venu pour moi de tourner la page, non ?
Son petit visage sérieux me fixe.
— Oui.

La gardienne me tend quelques enveloppes. Au dos de l'une d'entre elles, le cachet de la mairie du XVIIe arrondissement. C'est l'extrait d'acte de naissance de ma mère. Pour la liste suisse.
Il faut que je constitue un dossier.
J'ouvre un paquet neuf de chemises cartonnées.
Je ne prends pas la première, d'un ton chair comme un soutien-gorge.
Ni la bleue : le bleu, c'est Noémie.

Pas non plus la rouge, c'est la couleur des chemises de tous mes manuscrits.
Alors ? Orange ? marron ? jaune ? vert ? rose ?
J'hésite.
C'est ridicule, je n'ai qu'à prendre n'importe laquelle, au hasard.
Non. Je ne veux pas du marron.
Dans *Reservoir Dogs*, je crois que c'était Tarantino lui-même qui disait « Mr Brown, that's like Mr Shit ».
Je souris.
Mon père aimait beaucoup cette scène, il imitait Steve Buscemi, les dents un peu en avant.
« Why am I Mr Pink ? »
C'est décidé, je choisis la chemise rose, et j'y range l'extrait de naissance de ma mère.
Je prends mon stylo, je m'apprête à écrire sur le dossier.
Écrire quoi ? ? *Papa* ? *Mort d'André* ?
Mon stylo reste en suspens.
Je ne bouge pas. L'étendue rose semble grandir, elle grandit. Elle recouvre tout mon bureau, je ne vois plus qu'elle. Je retiens mon souffle.
Je voudrais plonger dans cet océan de marshmallow, et disparaître.

J'avance, vent debout, dans la rue qui monte. La tempête venue du nord plaque contre mes cuisses les pans de mon manteau.

Aujourd'hui je ne sens rien, l'air froid a dissipé les parfums de l'épicerie indienne, et ceux de la laverie.
Je pourrais pencher en avant, m'incliner, je ne tomberais pas, le vent me soutiendrait.
La rue est déserte. Moi, depuis l'époque où j'étais énorme, j'aime l'hiver. En hiver, tout le monde s'emmitoufle, tout le monde est gros.
J'aperçois mon reflet dans la vitrine de la grande pharmacie du coin. Cheveux aplatis, yeux rouges, teint marbré, il va me trouver moche.
Les bars, le fabricant de timbres et tampons, les grandes chaussures de clown, et le restaurant – je suis arrivée. Je retire mes gants pour feuilleter mon agenda. Je retrouve le code A2496.
L'interphone « Dzzzz ». La terre, au pied des rosiers de la cour, est durcie par le gel. Maintenant qu'il n'y a plus de gardienne, est-ce lui qui s'en occupe ? Sans doute. Je l'imagine bien avec un sécateur, des gants de jardinage à rayures et un gros arrosoir vert.
La salle d'attente est si petite que lorsque je suis assise, ma cuisse est tout contre le radiateur brûlant.
Je suis un énorme bloc glacé qui va fondre.
De l'autre côté, le parquet grince ; ça va bientôt être à moi.
Je fonds en larmes.

— Nous sommes très satisfaits des progrès de votre père.

Le docteur J. nous sourit.

— Monsieur Bernheim mange bien, il reçoit beaucoup de visites – ce qui est excellent –, la plupart de nos pensionnaires ne peuvent pas en dire autant, son état psychologique s'est considérablement amélioré. Et puis il ne parle plus de – elle hésite – de ce dont il parlait avant.

Pascale me donne un léger coup de pied. Je baisse la tête pour ne pas croiser son regard.

— Même d'un point de vue moteur, il y a vraiment un mieux, j'en discutais encore tout à l'heure avec nos kinésithérapeutes.

Elle se lève. Nous aussi. Je me rapproche d'elle.

— J'aurais souhaité avoir une copie du dossier médical de notre père, si c'est possible.

— Pour quoi faire ?

— Ma meilleure amie est professeur de médecine, elle aimerait bien voir le dossier.

— Elle n'a qu'à me le demander elle-même.

Je pourrais lui répondre que j'ai vérifié sur Internet que, d'après la loi de mars 2002, la clinique doit nous communiquer la copie de tous les documents que nous lui demandons, et ce dans un délai de huit jours.

Mais je me tais.

Tout à l'heure, j'appellerai Marion.

— Le cimetière Montparnasse, c'est très bien, à condition que je ne sois pas trop près des parents de votre mère.

— Mais alors tu seras loin de Maman ?

— Elle n'a qu'à se mettre avec moi. Sinon tant pis. Je ne veux surtout pas être avec ces horribles gens.

— Pourquoi les détestes-tu à ce point ?

— Je vous l'ai déjà raconté cinquante fois.

— Non.

Il soupire.

— Mais si... Ils n'ont pas voulu assister à notre mariage. Parce que leur fille épousait un homosexxu-el.

Il a prononcé le mot les lèvres pincées, comme ma grand-mère.

Il secoue la tête.

— Saloperie.

Pascale m'appelle. Notre père lui a demandé de lui apporter des photos de Raphaël qui se trouvent dans un des tiroirs de son bureau.

En les cherchant, elle a découvert une demande de renouvellement d'autorisation de détention pour un pistolet Sig Sauer, et une réponse négative l'enjoignant de se défaire de l'arme en question dans les plus brefs délais. L'échange de courrier date de 1995.

Elle s'est aussitôt rendue à la clinique pour interroger notre père.
Voulait-il déjà en finir à l'époque ?
« Je ne sais plus... », a-t-il répondu.

Je regarde sa main gauche, son pouce auquel il manque un petit morceau sur le côté extérieur de l'ongle, une blessure en apprenant le maniement des armes au camp d'entraînement des Cadets de la France libre, en Angleterre. Il a toujours été maladroit, lui dont les doigts étaient si agiles au piano.
— Que comptais-tu faire d'un pistolet ?
— Rien...
Il baisse la tête avec un léger sourire. J'insiste.
— Allez, dis-moi.
— À ce moment-là, j'avais un ami un peu... *dangereux.*

L'extrait de naissance de mon père est arrivé.
Bernheim André, Louis.
Né le 14 juillet 1920 à La Saussaye, Eure.
De Fraenckel Germaine, Thérèse, Rachel.
Et Bernheim Georges, Jacques, Jules.
Le dernier souvenir que j'ai de mon grand-père, c'est à Paris, peu de temps avant sa mort. Il habitait un petit appartement dont il sortait peu, car il ne marchait presque plus. J'étais venue le voir avec mes parents, je ne sais pas si Pascale était

là. Je portais une robe d'été, en coton, avec un imprimé de faux patchwork noir, rouge et blanc que ma mère m'avait achetée chez Tiffany, rue de Sèvres, après des heures et des heures passées dans les boutiques du quartier à essayer des vêtements qui jamais ne m'allaient tant j'étais grosse. Tandis que mes parents discutaient dans l'entrée avec l'infirmière, je suis allée dans le salon.
Mon grand-père était debout, cramponné à sa canne. Quand il m'a vue, il s'est figé. Il m'a regardée de haut en bas, puis de bas en haut. Et il m'a dit « Mais tu es monstrueuse ».
Je crois que ce sont les derniers mots qu'il m'a adressés. Peu de temps après, il est mort.
Je n'en ai jamais parlé à personne.
Allez, hop, dans le dossier rose.
Pourvu que mon père ne change pas d'avis et ne décide pas d'aller à Elbeuf.

L'ergothérapeute vient de partir. Sur la table, il y a un cahier ouvert, des pages et des pages de boucles tremblotantes, les exercices d'écriture de la main gauche de mon père.
Comment pourra-t-il rédiger la *Disposition de mort volontaire* qui figure sur la liste bleue des documents à fournir ?
— Je crois que je fais bien d'aller au cimetière Montparnasse, hein ?
— Mais oui, c'est beaucoup mieux pour Raphaël,

pour nous, pour tout le monde. Et puis je ne t'ai jamais raconté ce que ton père m'a dit la dernière fois que je l'ai vu.

— Ah ?

Il lève les sourcils, le gauche plus que le droit, ce qui lui donne une drôle de tête.

Je commence mon récit. Son sourire s'élargit à mesure que je lui décris la robe, le col chemisier, les emmanchures légèrement bouffantes, l'imprimé. Et moi là-dedans, avec mes quatre-vingt-cinq kilos, *énorme.*

J'en arrive à la réaction de mon grand-père au moment où il m'a vue entrer dans le salon.

Cela fait longtemps que je n'ai pas entendu mon père rire autant.

Monstrueuse, il répète plusieurs fois le mot en accentuant la première syllabe. *Mons*trueuse.

Il s'en étrangle presque de rire.

Pas moi.

Enfin, ses gloussements s'espacent, puis s'interrompent.

Il semble réfléchir.

— Je devrais peut-être quand même aller à Elbeuf, tu ne crois pas ?

Je change vite de sujet. Nous parlons d'autre chose.

Et je m'en vais.

— Bonsoir Papa.

— *Mons*trueuse !

La porte refermée, je l'entends rire encore.

Nous dînons au restaurant avec un couple d'amis.
— Les filles sur la banquette, *faufilez-vous.*
Je ne bouge pas. Je regarde fixement l'étroit espace entre les deux tables. J'ai vingt-cinq kilos de trop, un gros cul, je suis énorme, je suis monstrueuse, comment pourrais-je me *faufiler*?
— J'arrive, je vais me laver les mains.
Je me laisse tomber sur le siège des toilettes.
Je cherche dans mon sac la petite boîte verte.
Stop. Pas besoin de Lexomil.
Fais un effort. Tu es grande, maintenant.
Je respire à fond. Mes cuisses sont serrées l'une contre l'autre, mais elles ne se touchent pas complètement. Il y a un vide entre elles.
Quand j'étais grosse, il n'y en avait pas.
À droite, à gauche, mes fesses ne débordent pas sur les côtés du siège. Avant, si.
Lève-toi.
Mon visage se reflète dans le miroir du lavabo.
À l'époque, mon père gonflait ses joues au maximum, comme un gros poisson, pour imiter ma large figure.
Je gonfle mes joues et les dégonfle. Elles sont presque creuses.
Tout va bien.
Mon adolescence est loin derrière moi, mon grand-père aussi, et mon père le sera bientôt.
L'eau froide, sur mes mains glacées, me paraît presque chaude.

Je me redresse.
Je vais retourner dans la salle de restaurant, et je verrai les yeux de Serge briller quand il me sourira.
Je me faufilerai sur la banquette, sans rien renverser, sans même déranger la nappe, et personne ne se moquera de moi.
Je commanderai un faux-filet, saignant.
J'ai faim.

Le regard de mon père est rivé à la tranche de pâté de campagne que Pascale est en train de lui découper en petits morceaux.
Voilà. Elle lui rend son assiette, sa fourchette, il commence aussitôt à manger.
Un cornichon, un peu de pain, une gorgée de vin. *Hummmm.*
Comme tous les *résidents,* il a désormais sa table réservée. Nous avons insisté pour qu'elle soit près de la baie vitrée.
Au soleil, ses yeux ont la teinte *verdouillarde* des carreaux de sa chemise.
Quand il a fini, il repose sa fourchette, et regarde autour de lui.
— C'est vraiment effrayant, toutes ces vieilles biques.
Il a parlé fort, mais aucune tête ne se tourne vers nous. La surdité, sans doute.
Profitons-en.

— Papa, qui veux-tu mettre au courant ?
Sans hésiter une seconde, il lève sa main gauche, le pouce en l'air « Daniel » puis l'index « Micheline », le majeur « Marion », et sa main retombe.
— C'est tout.
— Et Maman ?
— Plus tard.

— Emmanuèle ? C'est Micheline. André m'a parlé.
L'émotion donne à sa voix rauque de brèves intonations aiguës.
— Tu sais que c'est presque un frère pour moi, et même si je comprends sa décision, c'est…
Un court silence.
— Ton père n'a pas pu me dire le nom de vos Suisses.
Je le lui donne et j'ajoute que c'est l'Association qui me les a indiqués.
— J'ai une cousine médecin, à Genève – d'ailleurs ton père la connaît –, je vais lui demander de se renseigner… Vous l'accompagnerez là-bas ? Bien sûr.
— Vous irez comment ? En train ? En avion ?
Je n'en ai aucune idée. Je n'y ai même pas réfléchi.

Je suis sur la page d'accueil du site TGV-Europe.
Aller/Retour ou *Aller simple*?
Aller et retour pour Pascale et moi, aller simple pour notre père ?
Ma gorge se noue.
Ce sera *aller simple* pour tout le monde.
Départ Paris. Arrivée Berne.
Mercredi 8/04/2009.
Nous partirons la veille, et nous irons dîner au restaurant. Nous en choisirons un bon, le meilleur de Berne. Un éclairage doux, une petite table, Pascale et moi assises en face de notre père, du champagne, ou un excellent vin, nos verres levés « À toi, Papa ».
Qui participe à ce voyage ?
Pascale et moi seules ? Nous pouvons soutenir notre père, le transporter de son fauteuil au lit, et du lit à son fauteuil. Mais pourrons-nous lui faire sa toilette, et changer sa couche ? Et ne garder de lui comme dernier souvenir que l'image de son sexe rabougri et de son cul plein de merde ?
L'idéal serait que Philippe, le garde de jour de notre mère, nous accompagne. Sylvia ou Annie le remplaceraient auprès d'elle pendant son absence.
Nous voyagerions donc à quatre, en première classe.
Clic.
Le résultat s'affiche : un seul train direct par jour, qui part de la gare de Lyon à 17 h 57, et arrive à Berne à 22 h 30.
C'est trop tard.

Air France n'a que deux vols quotidiens pour Berne, l'un à 7h55 – trop tôt – et l'autre en fin d'après-midi – encore trop tard.
Nous partirons donc dans la voiture rouge de Pascale.
Elle est assez grande pour y voyager à quatre, le fauteuil roulant dans le coffre.

Le meilleur hôtel de Berne semble être le Bellevue Palace. Il est accessible *aux personnes à mobilité réduite.*
Je choisis pour la nuit du mercredi 8 au jeudi 9 avril, une chambre pour Pascale et moi et une suite junior pour mon père et Philippe, dans la catégorie *de luxe* avec vue sur les Alpes bernoises et sur l'Aar.
Mille quatre cents francs suisses.
C'est cher, mais j'ai reçu hier un virement de la SACD.
Allez.
Je remplis le formulaire, je donne le numéro de ma carte de crédit, et je valide.

Un mot concernant le financement.
Il est important à nos yeux que l'association ne prélève pas de cotisations d'adhésion. Pour nous, l'autodétermination et la libre décision jouent un rôle primordial et elles sont prises au sérieux en tous points.

Tous ceux qui nous rejoignent doivent décider eux-mêmes quelle valeur représentent l'existence de l'association et son offre et ils peuvent nous virer un don autodéterminé soit par paiement en une seule fois, soit par paiements à intervalles librement choisis.

Nous sommes pleinement confiants de recueillir de cette manière les moyens financiers nécessaires que nous gérons en économisant autant que possible.
Nous travaillons comme bénévoles. Cependant nous avons des dépenses telles que des frais de bureau, de comptabilité, d'impression et des frais équivalents.
L'adhérent/adhérente prend en charge les dépenses pour les visites consultatives ainsi que les frais généraux relatifs à l'accompagnement de la mort volontaire en Suisse.
En outre, et nous y attachons beaucoup d'importance, aucun adhérent ne devrait renoncer à une mort digne en raison d'un manque d'argent. Pour cette raison, nous avons créé un « fonds d'aide pour les démunis » qui agit *de manière non conventionnelle si besoin est.*

Je ne parviens pas à m'endormir.
Est-ce que le fauteuil roulant de mon père est pliant ?
S'il ne l'est pas, il ne rentrera pas dans le coffre.
Comment tiendrons-nous dans la voiture de Pascale ?
Je me lève. Combien de fois ces derniers temps me suis-je ainsi levée en pleine nuit ?

Je tape *fauteuil Azalea.* Il y a 20 000 entrées sur Google, pour la plupart des sites de matériel médical.

La photo d'un monstre gris me saute au visage. Il est énorme. On dirait l'ennemi inhumain de Robocop. L'appuie-tête va pivoter de droite à gauche et lorsqu'il aura repéré sa cible, les gros accoudoirs feront feu. Boum.

Et s'il s'en prenait à mon père ? S'il emprisonnait son petit corps pour le broyer comme un rien entre ses bras métalliques ?

Je fais défiler la page et la chose disparaît, faisant place à la description de ses caractéristiques : réglable, inclinable. Pliable ? *Ce n'est pas un pliage mais un démontage de plusieurs éléments ; le dossier se rabat sur l'assise en enlevant la goupille du vérin d'inclinaison (démontage à la main sans outil particulier).*

On verra plus tard. J'ai froid aux pieds, je retourne me coucher.

Je me suis réveillée les mâchoires douloureuses. D'après Serge, j'ai grincé des dents toute la nuit.

Photocopies de la carte d'identité de mes deux parents, du livret de famille et de leurs dernières factures de gaz et d'électricité ; la chemise rose se remplit peu à peu.

Lorsque j'aurai reçu le dossier médical, il man-

quera encore l'échantillon d'écriture de mon père, sa *disposition de mort volontaire,* la déclaration de Pascale et la mienne.
Et – dernières lignes de la feuille bleue – *l'adresse à laquelle l'urne ou le cercueil devront être envoyés (pompes funèbres).*

Les joues de mon père sont roses d'excitation.
— Je viens d'avoir une longue visite de François, il m'a raconté la vente Saint Laurent. C'est incroyable, les prix…
Le catalogue est sur ses genoux, ouvert à la double page du mobile de Calder.
— Et puis je suis plutôt content, depuis ce matin, j'arrive presque à lire.
On frappe à la porte. Un jeune aide-soignant aux yeux clairs entre, un minuscule flacon à la main. Mon père sourit.
« Ah, Christophe ! » Son *Chris* est croustillant, son *tophe* soyeux.
— Votre collyre, monsieur Bernheim.
Mon père renverse la tête en arrière, Christophe se penche sur lui et, maintenant délicatement son visage, instille quelques gouttes au coin de ses paupières.
Il se redresse, rebouche le flacon « Et voilà ».
— Merci, Christophe.
— À tout à l'heure, monsieur Bernheim.

Mon père le suit du regard jusqu'à ce qu'il ait disparu.
Et ce n'est pas le collyre qui fait briller ses yeux.

En sortant de la clinique, je croise le docteur J.
Elle ne retire pas son gant pour me serrer la main.
— Votre amie m'a appelée. Je lui ai envoyé le dossier de votre père, ainsi qu'elle me l'a demandé.
Avant même que je la remercie, elle me tourne le dos, et les doubles battants se referment derrière elle.

— Daniel doit être opéré du cœur en mai. C'est une grosse opération. Et ça m'embêterait d'aller en Suisse avant de savoir comment il va. Tu crois que c'est possible de repousser un peu la date ?
Et si, comme dans les films d'horreur, une fois le rendez-vous pris, il était impossible de l'annuler ?
Si la mort venait, d'une façon ou d'une autre, chercher mon père le 9 avril ?
Sur mes bras, le duvet s'est hérissé. J'ai la chair de poule.
Vite, je compose le numéro de la dame suisse.
Elle décroche tout de suite. Je lui explique, elle comprend. Pas de problème. Ouf.
Alors au revoir madame Bernheim.
Mon père hoche la tête « C'est mieux. »
J'appelle tout de suite Pascale.

— Tu crois qu'il a changé d'avis ?
J'aperçois, sur le rebord de la fenêtre, une bouteille de champagne débouchée, au frais.
— J'en ai l'impression.

Mon autobus est à l'arrêt. Il me suffirait de courir pour traverser et l'attraper, mais je ne peux pas, mes jambes sont molles, je n'ai plus de forces. L'autobus redémarre, et je reste là, de l'autre côté de la rue. Je voudrais qu'on m'emmène loin de cette clinique, loin de mon père, loin d'ici.
Je me laisse tomber sur le siège de l'abribus. Entre deux immeubles, la lune s'est levée. Je revois le calendrier de mon agenda et la grosse lune souriante du jeudi 9 avril, et soudain, je ne sais pas pourquoi, je pleure.

Je trouve, devant ma porte, déposé par Marion, le dossier médical. Sans même l'ouvrir je le glisse dans la chemise rose et je fourre le tout au fond d'un tiroir de mon bureau.
Je n'en aurai plus besoin.
J'annule ma réservation à l'hôtel Bellevue.

Serge rentrera tard. Je n'ai pas faim.
Je vais me coucher.
Pour la première fois depuis des mois, je m'endors immédiatement, sans Lexomil, sans rien.

— Nuèle, c'est incroyable, j'ai réussi à te téléphoner tout seul, c'est moi qui ai fait le numéro !
Je le félicite.
— Tout seul ! Personne ne m'a aidé !
Il postillonne joyeusement dans l'appareil.
Le soleil de mars illumine mon bureau. J'imagine mon père dans la lumière orangée de sa chambre, son sourire aux yeux plissés.
— Je voulais te signaler qu'on a oublié une chose, c'est de fixer une nouvelle date.

Je rappelle Pascale.
Puis j'ouvre mon tiroir.
Le dossier rose, la chemise bleue ; j'ai envie de vomir.

La dame suisse, Pascale, mon père et moi sommes tous d'accord pour le 11 juin, un jeudi.
Et je réserve deux chambres à l'hôtel Bellevue.

Quand j'entre dans sa chambre, mon père regarde la télévision.
« Chhhuut ».
Sur l'écran, une ligne noire trace de petits monticules, quelques creux, et soudain une falaise abrupte, et une immense crevasse.
Aujourd'hui, l'indice du CAC 40 est tombé à

moins de 2500 points, son plus bas niveau depuis l'éclatement de la bulle Internet, il y a six ans.
J'observe mon père, sa main gauche sur la télécommande, son cou tendu vers le poste.
Il m'a souvent raconté – et à chaque fois il me semblait se recroqueviller – que, peu de temps avant de mourir, son père lui avait *craché à la figure* « Toi, tu finiras ruiné. Sans un sou ».
Je me souviens, en vacances, des grésillements d'Europe n° 1 que nous captions mal dans la maison isolée du Midi, lorsque, le visage crispé, il plaquait le transistor contre son oreille pour écouter *Top à Wall Street,* tous les soirs après le dîner.
J'entends *krach boursier, lundi noir*, et puis plus rien, mon père a éteint la télévision et lancé la télécommande sur le lit.
Il se tourne vers moi.
Un mouvement rapide de la main gauche, paume en l'air, *je m'en fiche.* Et un large sourire. Son visage est lisse, détendu. Il s'en tape. Il n'en a plus rien à foutre.
Je comprends alors que mon père a vraiment décidé de mourir.

— J'arrive !

Je referme mon portable, j'attrape mon sac. Pas le temps d'attendre l'ascenseur, tout en dévalant l'escalier, je sors mon passe Navigo. Me voilà dans la rue. Un taxi libre s'arrête au feu.

À Cochin, s'il vous plaît.

Votre père a eu un malaise.

Cela s'est produit après sa toilette, une sorte d'étourdissement. La clinique l'a immédiatement envoyé aux urgences.

Le taxi file sur les quais.

J'imagine soudain les machines débranchées, leurs tuyaux pendant comme d'inutiles tentacules ; plus une lueur, plus un bip, et dans le silence, les sanglots de ma sœur.

J'ai besoin d'air. Je baisse la vitre. Il fait doux, les touristes, sur le Pont-Neuf, portent des lunettes noires, des manches courtes.

Et si mon père avait attendu d'être enfin rassuré sur l'état de Daniel pour mourir aujourd'hui ?

Je ferme les yeux.
Au moment de régler le taxi, je m'aperçois que je tiens toujours mon passe Navigo, si fort serré dans ma main qu'un sillon rouge me barre la paume.

L'interne a expliqué à Pascale qu'il n'avait rien trouvé d'alarmant, si ce n'est une tension assez basse.
Mon père est couché sur un étroit lit-brancard en attendant l'ambulance qui va le ramener à la clinique.
Je m'avance et ses yeux grands ouverts se braquent sur moi. Il est très pâle.
— Comment tu te sens?
Son visage se crispe.
— J'ai eu très peur.
— Ne t'en fais pas, tout va bien, le médecin a dit que ce n'était pas grave, juste un problème de tension.
Il secoue la tête.
Sa main gauche agrippe le drap.
— J'ai peur d'avoir une autre attaque. Si je perds la boule, ce sera foutu, je ne pourrai plus aller là-bas.
Une larme coule sur sa tempe.

La dame suisse a appelé Pascale pour lui communiquer les coordonnées d'une entreprise de

pompes funèbres bernoise à laquelle l'Association a régulièrement affaire.
Par ailleurs, tout est en règle, elle a bien reçu les documents, à part la déclaration écrite de notre père dont elle n'a pas vraiment besoin, l'entretien qu'elle a eu avec lui lors de son passage à Paris lui a permis de juger sa détermination. C'est suffisant pour la justice suisse.

Et pour la justice française ?
Ni ma sœur ni moi ne nous sommes encore posé la question.
Il ne nous est même pas venu à l'esprit de consulter un avocat. Le temps est venu de le faire.
Nous pourrions nous adresser à maître Bierce, l'avocat de notre père. Il lui a plusieurs fois rendu visite à la clinique et connaît son état.
Je m'en occupe.
Il est à son cabinet, sa secrétaire me fait patienter quelques minutes, et me le passe.
Je lui raconte la dame suisse, le dossier, le 11 juin. Tout.
Il m'écoute sans m'interrompre. J'en arrive enfin à lui demander ce que nous risquons, ma sœur et moi, et s'il accepterait, le cas échéant, de nous conseiller.
Il ne me répond pas. Pas un mot. Rien. La ligne est-elle coupée ? Je plaque le téléphone contre mon oreille.
Il me semble percevoir une respiration.
— Maître Bierce ? Allô ?

Un léger raclement de gorge.
— Je vous dérange ? Si vous préférez, je peux vous rappeler plus tard ?
J'entends une brève inspiration, ou un soupir.
— Non… non… Vous ne me dérangez pas… Mais je suis désolé… je ne peux rien pour vous…
Et il raccroche.
Je reste un instant immobile, à regarder mon téléphone, à écouter les petits bips de la tonalité *occupé*.
Puis je rappelle Pascale.
Mes mains sont glacées.

Serge me suggère d'appeler Georges, Georges Kiejman que nous connaissons tous les deux depuis longtemps.

D'emblée, Georges me demande si nous avons une déclaration écrite de mon père quant à sa détermination d'en finir.
Comme il ne peut pas écrire, nous n'en avons pas.
— Il peut parler ? Alors enregistrez-le, ou filmez-le. C'est la première chose à faire.
Puis il me pose des questions sur l'état de mon père, sur son dossier médical. Je lui réponds et j'ajoute que, d'après l'Association suisse, il remplit parfaitement les conditions – lucidité et incurabilité entre autres – requises pour un suicide assisté.
— Ton père m'a toujours fait l'effet d'être un

homme extrêmement volontaire auquel il ne doit pas être facile de refuser quoi que ce soit. Je suis quand même un peu surpris qu'il demande ça à ses enfants. Si j'étais à sa place, il me semble que chaque soir je mettrais de côté mes somnifères pour les avaler tous d'un coup dès que j'en aurais une quantité suffisante.
Un petit tas de comprimés blancs, et autant de nuits sans sommeil. Pas question.
Georges veut ensuite savoir si nous comptons nous rendre en Suisse avec lui. Bien sûr, c'est nous qui l'emmènerons, nous serons avec lui jusqu'au bout.
— Ça m'embête que vous *l'emmeniez*, je préférerais que vous le *rejoigniez* là-bas.

Je regarde la page d'accueil de l'hôtel Bellevue, et je nous vois dînant sur la terrasse, Pascale et moi entourant notre père, dans la douceur et la lumière de juin.
Non, je n'annulerai pas ma réservation.

Je retrouve Alain Cavalier à la terrasse d'un café, sur la dalle d'un petit immeuble moderne, près de la clinique.
Il me montre comment fonctionne sa caméra. Je regarde ses doigts sur le boîtier métallique. Les lunules de ses pouces me paraissent immenses, des paupières blanches mi-closes.

J'essaie. C'est la première fois de ma vie que je tiens une caméra. Je bouge trop, l'image est tremblée.
Je recommence. C'est mieux.
Alain m'indique à quelle distance me placer, ni trop près, ni trop loin.
Il teste le son.
C'est bon, je peux y aller.
En marchant vers la clinique, je me demande si c'est avec cette caméra que je tiens serrée dans ma main qu'il a filmé son père, mort.

— Qu'est-ce que c'est que ça ?
— C'est une caméra numérique.
Mon père semble déçu. Quand je lui ai annoncé que j'avais emprunté une caméra pour venir le filmer, il s'attendait sans doute à une énorme machine noire avec, sur le dessus, des chargeurs comme les oreilles de Mickey.
— C'est celle d'Alain Cavalier, il me l'a prêtée.
— Ahah !
Il a vu la plupart des films de Cavalier.
Il se redresse.
— Bon alors, qu'est-ce que je dois faire ?
— Il faut que tu exprimes ta volonté d'aller en Suisse, exactement comme tu l'aurais fait par écrit si tu avais pu.
Il hoche la tête.
Bien droit dans son fauteuil, mains sur les accoudoirs, il semble assis sur un trône.
Il se racle la gorge.

Ses yeux fixent la caméra. Il est prêt.
« Mes chers enfants, mes chers petits-enfants… »
Il lève son bras gauche, dans un geste ample.
« … je pense, j'espère que vous comprendrez la décision qui est aujourd'hui la mienne… »
Jamais je ne l'ai vu ni entendu parler ainsi. On le croirait en pleine campagne électorale.
« J'ai eu le grand privilège d'avoir une vie bien remplie, une belle vie en somme… »
Je me mords la joue pour ne pas éclater de rire.
« … Et à présent qu'elle touche à sa fin, je tiens à vous dire au revoir et à vous souhaiter, à vous aussi, une belle vie, faite de découvertes et de rencontres et… »
Il hésite. Veut-il ajouter quelque chose ? Je ne dis rien, je ne dois en aucune façon orienter ses paroles, ou intervenir sur l'enregistrement.
« … et voilà. »
Il repose son bras sur l'accoudoir, et sourit à la petite caméra.
— J'étais comment ?

Françoise insère l'enregistrement dans un appareil et allume le moniteur. Le time code défile.
Elle sort.
Je reste seule dans la petite salle de montage.
Mon père apparaît sur l'écran.
J'oublie aussitôt ses gestes de député et sa diction de prompteur, je ne vois plus que sa petite tête,

son visage chiffonné, gris comme sa chemise, et son cou de poulet.
Je découvre alors pour la première fois que mon père est un vieil homme.
Le film est fini, l'écran est noir.
J'ouvre la porte, Françoise revient, appuie sur des boutons, des touches. L'appareil éjecte un DVD tout tiède.
Avant de partir, je lui demande si c'est bien avec cette caméra qu'Alain a filmé son père mort.
Oui.

Dans le métro, pendant tout le trajet, quand je regarde autour de moi, il me semble ne voir que des vieillards, et dès que je baisse les yeux, le DVD dans son boîtier translucide me fixe, telle une grosse prunelle blanche.

— Nuèle.
Son pouce et son index sont levés, ce qu'il va dire est important.
— Le moment est peut-être venu de me lancccer dans *la cccérémonie des adieux*, non ?
Il sourit, comme chaque fois qu'il accentue les sifflantes pour imiter ma grand-mère maternelle.
Il a réfléchi à une liste d'amis à *convoquer*.
Je lui demande de faire attention, il ne faudrait pas que ça s'ébruite trop.

Et puis, on ne peut pas prévoir comment chacun réagira.
Il hausse les épaules.
Il souhaiterait en tout premier lieu appeler sa cousine américaine, sans doute la personne de la famille dont il est depuis toujours le plus proche. Ces derniers temps, ils se sont parlé à plusieurs reprises, mais il ne lui a pas encore *cassé le morceau,* comme il dit.
Il préférerait que ce soit moi qui le fasse.
Je ne veux pas, c'est sa décision.
Il insiste, il parle trop mal au téléphone pour qu'elle comprenne bien.
Non.
Je finis par céder. Comme dit Georges, mon père est un homme extrêmement volontaire auquel il n'est pas facile de refuser quoi que ce soit.
Il réussit à me donner le numéro complet de sa cousine, sans même consulter son carnet, et il en glousse de joie.
Il est dix heures du matin à New York, elle est chez elle.
Je lui explique tout. Elle m'interrompt, me fait répéter. Mon père ne quitte pas mon téléphone des yeux.
Il y a un silence au bout du fil, je pense à celui, si long, de maître Bierce. Puis :
— Passe-le-moi.
Je tends l'appareil à mon père et je quitte la chambre.

Je reviens quelques minutes plus tard. Mon père a raccroché. Il me rend mon portable.
— Elle est *très contre.*
Les commissures de ses lèvres s'incurvent, mais ses yeux pétillent.
— Elle va venir. Elle veut me faire changer d'avis.

Je sors de la clinique. Voilà l'autobus, je l'attrape de justesse. À la seconde même où il redémarre, je crois entrevoir la voiture de G.M. tourner au coin de la rue.

Les rosiers de l'étroite cour sont en fleur, et dans la salle d'attente, le radiateur est éteint. C'est bientôt l'été, bientôt le 11 juin.
De l'autre côté de la porte, le parquet grince. Ça va être à moi. Enfin.

En descendant la rue, je rallume mon portable.
Il y a un message de Pascale, la voix hésitante.
Je la rappelle tout de suite.
Elle me dit que maître Bierce, se sachant depuis peu atteint d'une maladie incurable, vient de se suicider.
Je ne peux rien pour vous, des bips dans le vide.
Dans la vitrine de la grande pharmacie du coin, mon reflet est blême.

Nous nous retrouvons à la clinique pour l'annoncer à notre père. Comme il l'apprendra forcément, autant que ce soit par nous.
— C'est épouvantable… épouvantable.
Sa tête retombe sur sa poitrine et se met en mouvement, de gauche à droite, de droite à gauche.

Comme la cousine américaine de mon père ne peut plus se déplacer seule, elle est venue avec l'une de ses filles.
À peine ont-elles déposé leurs bagages à l'hôtel qu'elles filent à la clinique.
Je pars avant qu'elles n'arrivent, je préfère qu'il soit seul avec elles.

Mon père a repoussé son assiette de cannellonis sans même y avoir touché. Il n'a pas faim. Les retrouvailles avec sa cousine se sont mal passées.
Il a tenté de s'expliquer, mais elle n'a rien voulu entendre. Elle lui a dit et redit qu'elle avait déjà perdu son père, son frère, et son mari, et qu'elle ne laisserait pas son cousin préféré partir comme ça.
Elle a ajouté qu'elle serait capable de tout pour l'en empêcher.
Y compris de le dénoncer à la police.
Il tourne vers moi son visage tout rétréci.
— Ce serait peut-être bien que tu lui parles.
Non.

J'en ai assez fait. Trop même. Je lui ai cédé sur tout.
Maintenant ça suffit. Qu'il se justifie tout seul. Qu'il se débrouille avec sa cousine, avec tout le monde.
J'en ai marre.
Je voudrais envoyer valser son assiette pleine, son petit pain et son verre de vin, tout ce qu'il y a sur la table et même la table et lui crier d'arrêter de manger, de se laisser crever de faim et de me foutre la paix.
Mais je ne le fais pas.
Je m'en vais.
Les portes automatiques refusent de s'ouvrir. Après 19 heures, il faut un code pour sortir de la clinique. Je l'ai oublié, il n'y a personne à l'accueil, je vais rester enfermée ici, avec tous ces horribles vieux. Ils vont s'avancer vers moi comme les lépreux du *Tombeau hindou*, comme des zombies.
Je veux sortir.
Une aide-soignante surgit de l'autre côté des vitres et m'ouvre.
Enfin de l'air.

Je ne prends pas de Lexomil, je marche. Vite, longtemps. Mes pieds, mes chevilles, mes mollets, l'articulation de mes genoux et les muscles de mes cuisses, mon corps avance tout seul. Je n'ai qu'à le suivre sans penser à rien, si ce n'est au trottoir, de plus en plus souple, presque élastique sous mes baskets.

Je pourrais continuer à marcher encore et encore, tout droit, n'importe où, jusqu'au bout du monde.
Mais Serge m'attend.

Je frappe doucement à la porte. Pas de réponse. J'entre sans bruit. Mon père dort dans son fauteuil.
Ces derniers temps, il s'est beaucoup fatigué. Sa cousine américaine l'a emmené à Beaubourg pour l'exposition Kandinsky, au Grand Palais pour celle des portraits de Warhol. Et puis il a reçu de nombreuses visites. Sa *tournée d'adieux*.
Je m'assieds en face de lui, sur la chaise cannelée. Il me paraît tout chétif.
Jusqu'à son AVC, il faisait de la gymnastique, des abdominaux, des haltères. À présent ses cuisses, tout comme les muscles de ses bras, ont fondu.
Ses pieds me paraissent encore plus petits qu'avant.
Il chaussait du 41. Je lui offrais parfois des chaussures pour son anniversaire, les premières Puma blanches avec des velcros ; plus tard, achetées avec mes premiers droits d'auteur, une paire de Weston, assez costaudes, couleur marron glacé, qu'il n'a presque jamais portées car il les trouvait trop raides.
Je regarde sa main gauche, la cicatrice sur le côté de son pouce.

Les bruits de la télévision de la chambre voisine s'estompent peu à peu ; je n'entends plus que mon père, sa respiration et ses légers ronflements.

Aujourd'hui, il est là, devant moi, si proche que je peux toucher son genou ou poser ma main contre sa joue. Je peux me lever et l'embrasser sur le crâne, je peux, comme quand j'étais petite, essayer de lui mordre le nez, ou bien tirer sur les poils blonds de son avant-bras, ou encore enfouir mon visage dans son cou et respirer son odeur.

Mais dans une semaine pile, il ne sera plus là.

Je ne le verrai plus. Plus jamais.

— Papa !

À peine a-t-il ouvert les yeux que son regard file derrière moi.

Je me retourne.

— Tiens, tu peux m'enlever ça.

Ça est un petit bouquet dont les tiges baignent dans une poche de plastique remplie d'eau qui tient lieu de vase.

Je le prends, c'est gonflé et flasque.

— Une couille froide.

Mon père pouffe. « Quoi ? »

Je place le réservoir mou dans sa main gauche.

Il le soupèse et répète *« Couille froide »*.

Il fait de drôles de bruits, des sons d'arrière-gorge, de fosse nasale, que je ne reconnais pas.

Il sanglote de rire.

Il est tout rouge.

— Papa ? Doucement.

J'essaie de lui reprendre le bouquet, mais il ne le lâche pas.
Il hoquette. Deux larmes brillent sur sa joue gauche, prisonnières des petits poils de barbe.
« Couille froide ». Il va s'étouffer de rire.
Je me lève pour lui taper dans le dos, mais mon bras reste en suspens.
Et pourquoi pas ? Ne serait-ce pas mieux de mourir ainsi plutôt que d'aller avaler du poison en Suisse ?
Je me rassieds.
Les soubresauts s'espacent peu à peu, il reprend son souffle.
Son visage est rose, lumineux. Ce n'est plus un vieil homme, c'est mon père d'avant.
Je me lève, et je le prends dans mes bras, et je l'embrasse sur le crâne, et je m'enfouis dans le col de sa chemise à carreaux verdouillards, dans son cou.
Mon père.
Lorsque je quitte sa chambre, emportant le bouquet, il se remet à rire.

En rentrant chez moi, je trouve plusieurs messages des cousines américaines. Elles veulent absolument nous voir, Pascale et moi.
Je les rappellerai plus tard. Lundi.
Ce week-end, je n'irai pas à la clinique. Mon père attend ceux de ses amis qui n'ont pas pu venir pendant la semaine. Et puis il doit parler à Noémie et Raphaël, et à ma mère.

Il fait froid et il pleut. Serge travaille dans son bureau.
Moi, dans le mien, je récapitule encore et encore les détails du voyage à Berne.
Mercredi 10 heures. Départ de mon père en ambulance. Ce sera plus confortable pour lui. Nous avons prévenu la direction de la clinique qu'il devait se rendre en province pour régler un problème notarial.
Il y a 585 kilomètres de Paris jusqu'à Berne. Il nous y retrouvera, à l'hôtel Bellevue, vers 17 ou 18 heures.
Pascale, Dialika – une ancienne aide-soignante que mon père aimait beaucoup – et moi partirons en avion à 7h35. Nous serons à Berne à 8h55.
Mon père insiste beaucoup pour qu'en l'attendant, nous allions au Centre Paul Klee, même s'il l'a trouvé un peu décevant. *Sinon vous allez glandouiller toute la journée.*
Lorsqu'il arrivera, Dialika le changera, il se reposera un peu, puis nous descendrons dîner.
Peut-être qu'arrivé à Berne, il changera d'avis, et que nous rentrerons tous ensemble à Paris.
J'ai demandé à la dame suisse si certains de ses clients renonçaient parfois à leur projet. Elle m'a répondu que cela ne s'était produit qu'une fois. L'homme, assez âgé, gravement malade, était accompagné de sa jeune femme. Ils se sont promenés dans Berne, et, pour leur dernière soirée, il lui a offert une robe rouge. Il l'a attendue au bar de l'hôtel pendant qu'elle se changeait. Et

lorsqu'elle lui est apparue dans sa robe rouge, il l'a trouvée si belle qu'il a décidé de vivre.
Le lendemain, ils ont invité la dame suisse à boire une coupe de champagne avec eux, et ils sont repartis.

Il y a un mois environ, mon père m'a dit avoir vu la veille au Grand Journal de Canal Plus *un type merveilleux*, le photographe américain David LaChapelle. Et il a ajouté : « Tu vois, pour un type comme ça, je renoncerais à la Suisse. »
Aurais-je dû essayer d'entrer en contact avec LaChapelle ? Et l'amener à mon père ?
Stop. Ça suffit.
Il faut encore que j'appelle le Voltaire.
C'est Thierry qui me répond. Il pousse des exclamations effarées quand je lui raconte ce qui est arrivé à mon père. Il me réserve une table pour trois, mardi à 12 h 30, en terrasse, car le restaurant est difficilement accessible aux fauteuils roulants.
— Et s'il pleut ?
— La terrasse est abritée. Et puis on va bien s'occuper de lui... Vous lui faites tout plein de baisers, hein ?
« À mardi. »
Je raccroche et je quitte mon bureau.

Si Serge n'était pas là, je m'enfermerais à clef, et je resterais couchée, à regarder des films d'horreur et des films de guerre.

Je sors faire les courses.
Le martèlement des gouttes de pluie sur la capuche de mon imperméable résonne dans ma tête, et rythme mon pas comme une marche militaire, la rengaine du sergent instructeur de *Full Metal Jacket*, que reprennent en chœur les jeunes recrues.
Papa and Mama were lying in bed
Papa and Mama were lying in bed
Pied droit, pied gauche.
Mama rolled over and this is what she said
Mama rolled over and this is what she said
Après avoir vu ce film, mon père sifflotait cet air entre ses dents et beuglait « *Sir Yes Sir* » en mimant le garde-à-vous, dos raide et menton levé.
Il me faisait rire.
Une deux, une deux.

Pourquoi donc a-t-il fallu que j'cède
Pourquoi donc a-t-il fallu que j'cède
Au bout de mon bras, le cabas va d'avant en arrière.
Quand mon père a demandé que j'l'aide
Quand mon père a demandé que j'l'aide
Et je ne peux plus m'arrêter ; chez le marchand de légumes, le poissonnier, à la boulangerie et dans l'ascenseur, je cherche des rimes, je compte les syllabes.
Enfin je pousse la porte de l'appartement, et je retrouve Serge.
Reposez… arme. Repos.

Mon père m'appelle.
— Ça y est. J'ai parlé à ta mère.
— Alors ?
— Alors rien. Elle a eu l'air moyennement émue.
Il soupire.
— Je ne comprends pas qu'elle ne m'ait jamais quitté, avec tout ce que je lui ai fait subir.

J'appelle ma mère.
— Alors Papa t'a parlé ?
— Oui. Il était très ému. Moi, moins.
— Mais quand même… tu ne te sens pas trop déprimée ?
— Absolument pas.

Encore des messages de nos cousines américaines, Pascale en a reçu, elle aussi.
Nous convenons d'un rendez-vous demain lundi, à 11 heures, au bar de leur hôtel.
Pascale me rappelle. « Et si on y allait tout de suite ? autant avoir cette discussion au plus vite. »
D'accord.
Elles nous attendent. Et notre père est avec elles.
J'étais bien, blottie contre Serge, dans le canapé.
Nous avions fait du feu dans la cheminée.
Allez, je me lève, j'enfile ma parka. Et me voilà dehors sous le ciel gris, sous la pluie.

J'aperçois au bout de la rue l'imperméable blanc de ma sœur. Nous pénétrons ensemble dans l'hôtel.

Ils sont là, tous les trois, autour d'un thé, la mère, la fille, et notre père. Des baisers rapides, et nous nous asseyons.
Toutes deux nous font face. Mêmes cheveux gris, mêmes yeux braqués sur nous, elles se ressemblent.
Derrière elles, je vois le patio. De la mousse d'un vert presque émeraude pousse entre les dalles.
J'aimerais être à la campagne, avec Serge.
Un serveur me tend une longue carte.
Non merci, je ne veux rien boire.
Alors ?
— Alors, votre père nous a expliqué que même s'il le voulait, il ne pourrait plus changer d'avis…
Je l'interromps.
— Mais il peut changer d'avis jusqu'à la dernière minute, et même là-bas, la dame suisse le lui a clairement dit, et on le lui répète sans arrêt. Hein, Papa ?
Il baisse la tête sans répondre.
— Il nous a aussi raconté que vous en aviez marre de lui, que vous trouviez que ça avait assez duré et que vous l'aviez menacé de ne plus vous occuper de lui s'il renonçait à aller là-bas.
— Tu as raconté ça ?
La bouche de travers, il se mordille la joue.
— Papa ? Regarde-nous en face ; tu as vraiment dit ça ?
Il relève la tête.
— Je ne sais plus… Peut-être…
Et il me semble le voir sourire.

Je sens un fourmillement dans mes doigts. Mes poings se ferment. Mes mains vont jaillir, le saisir à la gorge et serrer, serrer, jusqu'à ce qu'il crève. Du calme. Je respire à fond. Une fois. Deux fois. Je me soulève légèrement et je coince mes mains sous mes fesses. Pourvu qu'elles restent tranquilles.
— Comment as-tu pu dire une chose pareille ?
Il hausse les épaules.
— Pour qu'on me fiche la paix.
Ses deux cousines se sont tournées vers lui.
— Tu nous as raconté n'importe quoi !
Il glousse.
Mes mains tressaillent. Je pèse de tout mon poids sur elles, je les écrase. Elles ne bougeront pas.

— Je n'aime pas beaucoup ça. En racontant ce genre de choses, votre père vous met dans une sale position.
La voix de Georges, au téléphone, est dure, tranchante même.
— Sur ton enregistrement, sa volonté est bien claire ?
Les gestes électoraux, la diction de prompteur.
— Je n'en suis pas certaine.
— Alors recommence. Il faut que tout soit clair et net. Et ensuite, remets les enregistrements originaux à votre notaire. Vous en avez un ?
Nous avons remplacé la grenouille par un jeune

notaire extrêmement sympathique, et pas sourd – il comprend tout ce que dit mon père.
— Quand tu les lui remettras, ne lui explique pas ce dont il s'agit. S'il le savait, il se rendrait complice d'un délit.
D'accord.
— Et… j'aimerais mieux que vous ne l'accompagniez pas en Suisse. S'il est à ce point déterminé à mourir, qu'il y aille seul.
— Mais nous pourrons le rejoindre là-bas et être auprès de lui quand…
— Non. Je préfère que vous arriviez *après*.

Je coupe le haut-parleur et je raccroche.
Le silence est tel que les crépitements de la cheminée résonnent comme des explosions.
Encore *Soleil vert*, Edward G. Robinson pénétrant, seul, minuscule, dans la grande clinique blanche.
Il me semble qu'à côté de moi le corps de ma sœur s'est soudain refroidi.
Serge se lève.
— Il a raison.
D'un même mouvement, Pascale et moi nous attrapons sur la table nos verres de whisky.
Ma gorge est si nouée que je peux à peine avaler.
Les glaçons tintent dans le verre de ma sœur tandis qu'elle se rapproche du feu.
— Oui, il a raison.
Encore une gorgée. Une autre.
Je revois le regard accusateur des cousines américaines, et le demi-sourire de mon père.

Je vide mon verre.
— Oui.

Nous nous répartissons les tâches. Pascale préviendra les ambulanciers et la dame suisse, et moi je m'occuperai du film et du notaire.
Puis nous nous retrouverons à la clinique pour annoncer à notre père qu'il devra partir seul.
— Tu penses que ça le fera changer d'avis ?
— Non, je ne crois pas.
— Moi non plus.

Pascale doit rentrer chez elle.
J'aurais voulu qu'elle reste, que nous dormions dans la même chambre, que nous n'ayons pas sommeil et que nous parlions toute la nuit, dans nos lits jumeaux collés l'un contre l'autre.
Comme quand nous étions petites.
Mais l'ascenseur arrive, et ma sœur s'en va.
À demain.

Je file dans mon bureau.
Je ne veux pas déranger Alain Cavalier une deuxième fois.
J'appelle Tonie. Oui, elle a une caméra à me prêter. Je peux passer la prendre demain matin, dans les bureaux de sa maison de production.
Parfait.
J'adresse un mail au jeune notaire.
Pourrait-il venir d'ici mercredi à la clinique afin

que mon père lui remette en mains propres des documents importants ?
Puis je laisse un message sur le répondeur de Dialika pour la prévenir que mon père a modifié ses projets et que nous ne partons plus.
Enfin, j'annule les billets d'avion.
Et la réservation à l'hôtel Bellevue.
Ça suffit pour aujourd'hui.

Il fait bon chaud dans le bureau de Tonie. Elle est en pleine préparation d'un film, et tandis qu'elle m'explique le fonctionnement de sa caméra, j'entends, de l'autre côté des minces cloisons, des sonneries de portables, des rires, le ronronnement d'une machine à café.
Je pourrais rester là, toute la journée, au milieu de cette agitation, mais Tonie a des rendez-vous. Et je dois retrouver ma sœur.
L'étui sombre de la caméra, avec sa bandoulière, ressemble à un holster.
Tonie me raccompagne jusqu'à la porte, me serre dans ses bras. Quand elle me lâche, j'ai froid.
Dans l'escalier, je croise un homme casqué, en combinaison de cuir noir. Il tient entre ses mains gantées un sac en papier blanc plein de chouquettes dorées. Je me retourne sur son passage. La lumière du plafonnier fait briller son casque et le cuir plus lisse sur ses fesses.
Il aurait sûrement plu à mon père.

Je rejoins Pascale au café, près de la clinique. Je n'ai rien mangé depuis hier midi. Elle non plus. Nous commandons des cafés et un sandwich que j'essaie de partager en deux.
Ma sœur sort de son sac un petit carnet.
— Je suis obligée de tout noter, sinon j'ai peur d'oublier.
La dame suisse lui a précisé quelques points. Au moment du départ, nous ne devrons surtout pas oublier de donner à notre père ses papiers et le livret de famille qui nous sera retourné avec le corps.
Le corps.
Il ne faut pas que l'ambulance arrive à l'appartement de l'Association avant 11 h 30, sinon il n'y aura personne. Le médecin vient d'assez loin par le train, elle aussi ; et elle doit en plus *aller chercher le nécessaire.*
J'interromps ma sœur.
— Tu as bien dit *appartement*?
Je vois deux petites pièces, des abat-jour, un vieux tapis sur le parquet qui grince. L'image de la grande clinique blanche d'Edward G. Robinson s'efface enfin.
Pascale reprend. *Après*, la dame suisse souhaite que nous soyons là au plus tard à 15 heures, pour régler toutes les formalités – police et pompes funèbres.

Je regarde fixement le sandwich. Avec sa tranche de jambon rose qui pend, il semble me tirer la langue. Je ne sais pas si j'ai faim, ou envie de vomir.

Ma sœur a aussi rappelé les ambulanciers.
Ils viendront chercher notre père à la clinique mercredi vers 22 h 30.
Ainsi, en roulant *tranquillement,* ils seront à Berne en milieu de matinée.
Elle referme son carnet.
Elle se lève, je la suis.
Quelques pas en direction de la clinique et ma sœur s'arrête net.
— Est-ce que tu te rends compte ?
— Non.
— Moi non plus.
Ses yeux sombres sont immenses.

Tourné vers la porte, il paraissait nous attendre.
Dès qu'il nous voit, il fond en larmes.
— Papa…
Il commence à secouer la tête.
— J'en ai assez… J'aurais dû me faire sauter le caisson quand j'en avais l'occasion.
Je devrais le prendre dans mes bras, mais je ne peux pas.
— Calme-toi, tiens… Mouche-toi.
Je lui tends un kleenex.
— Après ce qui s'est passé hier…
— Fichez-moi la paix avec ça, je ne veux plus en entendre parler.

— Après ce qui s'est passé hier, on a appelé Kiejman. Il pense qu'avec les conneries que tu racontes, t'accompagner là-bas devient trop risqué pour nous.
Il hausse les épaules, *pffff.*
— Bref, si tu tiens vraiment à y aller, ce serait mieux que tu y ailles seul.
Il se redresse d'un coup.
— Bon, très bien. Je crois que j'aime autant ça.
Plus rien sur son visage n'indique qu'il a pleuré.
— C'est tout ce que vous aviez à me dire ?
— Non. Il faut que je te refilme. La première fois, ça n'allait pas, tu donnais l'impression de lire ton texte.

Pascale s'en va. Avant qu'elle ne referme la porte, je remarque à quel point elle est pâle.
Je sors la caméra de son étui.
« Nuèle ! »
Il est tout souriant.
— Qu'est-ce qu'il dit de mon *projet*?
— Qui ça ?
— Comment s'appelle-t-il déjà ?...
Depuis son dernier *malaise,* il lui arrive de plus en plus souvent de chercher – en vain – les noms.
— Ton avocat...
— Kiejman ? Il dit qu'à ta place, il n'aurait jamais demandé à ses enfants de l'aider. Il se serait débrouillé tout seul.
Son sourire se fige.
— Ah bon ? En tout cas, je peux te dire qu'il y a

beaucoup de gens qui me trouvent très courageux. Et qui m'admirent.

« Dans un mois, j'aurai quatre-vingt-neuf ans. Si j'en avais dix de moins, je me battrais peut-être. Et encore, je n'en suis même pas sûr. Par contre, ce dont je suis certain, c'est que je ne veux pas de cette vie-là. Ça ne m'intéresse pas. C'est fini. Je ne peux pratiquement plus bouger, je ne peux plus faire les gestes les plus simples de la vie normale. Je ne peux plus profiter de ce que j'aimais. De rien. Je ne pourrai plus voyager avec toi, Raphaël. Je ne pourrai plus rien t'apporter… Je ne veux pas continuer dans cet état-là… Ça n'a que trop duré… Ça va comme ça… »

J'éjecte la cassette que je range avec le DVD dans une enveloppe rembourrée. J'arrache la bande de protection adhésive et je colle le rabat. Voilà.

Le jeune notaire est passé en fin d'après-midi, casque sous le bras, les joues roses du trajet en scooter, mon père lui a remis l'enveloppe, sans préciser son contenu, et il est reparti.
« BCDF. »
Au moment où je m'en vais, mon père me rappelle.
— Ça tient toujours pour le Voltaire, demain ?
— Bien sûr.
Il soupire, soulagé, si content, que j'en ai les larmes aux yeux.
Je reviens sur mes pas pour l'embrasser.

Je trouve en rentrant chez moi un mail de Pascale. Elle a pris la décision de ne pas venir avec moi jeudi, à Berne.
Elle veut ce jour-là être auprès de ses enfants pour leur annoncer la mort de leur grand-père et répondre à leurs questions.
J'espère que tu me comprendras et que tu seras d'accord pour faire le voyage seule afin de régler toutes les formalités.
Je me sens devenir toute molle. Ma tête part en avant et tombe sur mon bureau, et je reste là, incapable de bouger, mon nez contre le bord blanc de l'ordinateur, dans une légère odeur de plastique chaud.

Il pleut, mais l'auvent protège parfaitement la terrasse, et déjà, au-dessus du Louvre, on aperçoit des pans de ciel bleu.
Thierry virevolte autour de notre table, nous tend la carte. Mon père n'en a pas besoin. Cela fait des mois qu'il sait ce qu'il veut : une salade avocat-pamplemousse, et une sole, a*vec des frites bien sûr.* Serge prendra lui aussi une sole, et une salade de crabe pour commencer. Moi, deux entrées, des champignons à l'huile d'olive et au citron, et un foie gras. Mais je crois que je ne pourrai rien avaler.

Et une bouteille de bordeaux, château-de-france, un pessac-léognan que mon père avait l'habitude de commander, *avant*.
Thierry remplit nos verres.
Serge lève le sien.
— À toi, André.
— À toi, mon grand.
En trinquant, je le regarde dans les yeux.
— À toi, Papa.
— À toi, ma fille.
Ses yeux bleus, brillants, et ses sourcils blonds toujours en désordre sur lesquels je tirais quand j'étais petite.
Thierry dépose sur la table du pain, du beurre, du saucisson et quelques radis.
Mon père vide son verre, demande à Serge de le resservir, à moi de lui beurrer une tartine.
Il dévore plusieurs tranches de saucisson.
— Doucement.
Il hausse les épaules, et mord dans son pain.
Je me rappelle soudain que, grosse adolescente, je rêvassais souvent que je n'avais plus que peu de temps à vivre, et qu'alors je pouvais m'empiffrer de tout ce dont j'avais envie en me fichant complètement de grossir.
Qu'il mange ce qu'il veut.

Le soleil revient.
Malgré la circulation du quai, l'air, comme lavé par la pluie, semble presque pur.
Derrière moi, trois hommes interrompent un

instant leur conversation d'affaires pour parler de leurs vacances d'été.
Serge croque un radis. Mon père dévisage en mastiquant chaque nouvel arrivant.
Un déjeuner normal, en terrasse, un jour de juin.
Je me lève brusquement.
— Je reviens.
J'attrape mon sac et je me précipite aux toilettes.
À peine ai-je verrouillé la porte que je fonds en larmes. Je tire la chasse d'eau pour couvrir mes sanglots, et je pleure. Je pleure comme je crois n'avoir jamais pleuré, ni dans mon lit d'adolescente solitaire, ni même dans la salle d'attente – exiguë comme ces cabinets – en haut de la rue qui monte.
Brusquement tout mon corps se détend. Ma respiration s'apaise. Les larmes ne coulent plus.
C'est fini.
De la poudre, du rouge à lèvres, un peu de crayon sur les paupières, un coup de brosse, et je sors.

Un monticule de champignons m'attend.
Mon père a déjà presque terminé sa salade.
— C'est exactement ce dont j'avais envie.
Je repousse mon assiette.

Tandis que je découpe sa sole en petits morceaux, il pioche avec ses doigts dans le plat de frites.
Il pose à Serge des questions sur la Cinémathèque.

La rétrospective des films de Buñuel commence demain.
— J'aimerais beaucoup revoir ce film où les garçons cognent un mendiant…
— *Los Olvidados* ?
— Oui !
Serge parle d'un de ses projets, une exposition consacrée à Stanley Kubrick.
Le visage de mon père s'illumine.
— *I'm singin' in the rain* ! pang ! pang !
L'évocation de Malcolm McDowell dans *Orange mécanique*, imitant Gene Kelly tout en bourrant de coups de pied l'homme dont il s'apprête à violer la femme, l'a toujours réjoui.
Il me désigne son assiette vide.
— Je reprendrais bien des frites.

Un couple âgé s'approche de notre table.
— André… Comment allez-vous ? On vous verra à Bayreuth cet été ?
— Non, pas cette année.
— Quel dommage… Alors à très bientôt, j'espère.
Mon père les regarde s'éloigner. Il soupire.
— Impossible de me rappeler qui sont ces vioques.

Une nouvelle averse, les grêlons qui ricochent sur le trottoir nous éclaboussent.
Serge tire la table pour nous mettre à l'abri. Puis il embrasse mon père, « À demain », et retourne travailler.

— Est-ce que tu as peur ?
— De quoi ?
— De mourir.
Il secoue la tête, pas son pendouillement désespéré, non, un vrai mouvement énergique et musclé.
— Absolument pas.
Et il rajoute de la crème fraîche et du sucre dans son assiette de fruits rouges.
Je prends une fraise, charnue, brillante, ses minuscules pépins comme des poils. Le nez de mon père.
Je regarde son visage.
Ma gorge se serre.
Dans deux jours, plus rien.
Sauf s'il change d'avis.
Une Mercedes noire s'arrête le long du trottoir. Le chauffeur fait le tour de la voiture, s'apprête à ouvrir la porte arrière. Et si c'était David LaChapelle qui en sortait ? Son exposition s'est terminée il y a quelques jours à peine, il en a ce matin achevé le décrochage, et comme l'hôtel de la Monnaie n'est pas loin, il vient déjeuner ici. C'est lui, j'en suis sûre. Je vais me lever d'un bond, le prendre par le bras, l'amener à notre table et…
Et rien. C'est une femme renfrognée qui sort de la voiture, et disparaît à l'intérieur du restaurant.
Yoooowaah, mon père bâille.
Ses yeux se ferment. Il est fatigué.
Je commande un taxi.

Comme c'est un PMR, un véhicule pour personne à mobilité réduite, il y a vingt minutes d'attente. Les yeux de mon père se ferment.

Nicolas, le filleul de mon père – et mon ami d'enfance –, l'attend dans sa chambre. Depuis un mois, il vient presque tous les jours.
D'autres visites suivront, je ne reste pas.
Je reviendrai demain.
Mercredi.

Je suis dans l'autobus quand la dame suisse m'appelle. Non, je ne pourrai pas la rappeler plus tard, elle sera injoignable jusqu'à demain.
L'autobus est plein, je parle le plus bas possible, la bouche contre l'appareil. Je lui annonce que je viendrai seule. Elle n'entend rien et me fait répéter. Elle me prévient que je ne devrai pas rentrer dans l'immeuble par la cour comme l'ambulance, mais par l'entrée principale donnant sur la rue. Je dois appuyer sur le bouton 18 de l'interphone.
Pour ce qui est du règlement, je pourrai soit payer par virement, soit apporter des espèces. Avec les honoraires du médecin, l'achat des produits, et les frais divers, cela devrait faire à peu près mille cinq cents francs suisses, elle n'est pas encore sûre de la somme exacte. Nous verrons ça jeudi.

Elle me donne son numéro de portable, en cas de problème. Et voilà.
Alors bonjour, madame Bernheim.

Il y a un train qui part jeudi à 10 h 24 de la gare de Lyon, et qui arrive à Berne à 14 h 27 après un changement à Bâle.
Ce sera parfait.
Et je réserve, pour le soir, une chambre double à l'hôtel Bellevue. Mon amie Catherine Klein a proposé de m'accompagner.

Pascale m'appelle.
Elle a demandé aux pompes funèbres de Berne une petite fenêtre vitrée dans le cercueil, à hauteur du visage de notre père, afin de pouvoir le contempler une dernière fois avant la mise en terre.

Il est huit heures et demie, et je me suis couchée. Serge est dans son bureau, ou dans le salon, je ne sais pas. Depuis que nous vivons ensemble, c'est la première fois que je n'ai ni envie ni besoin d'être près de lui.
Je veux juste que tout le monde me foute la paix.
J'allume la télévision. Mon pouce se crispe sur la télécommande.
Ciné Cinéma Frisson.
Saw.

Le film commence, deux hommes enchaînés de part et d'autre d'un immonde sous-sol, un cadavre ensanglanté entre eux.
Parfait.
Je m'adosse aux oreillers et je remonte la couette sous mon menton.
Je suis bien.

— Qu'est-ce que tu as fait hier soir ?
— Je suis allée voir *Antichrist,* pour me changer les idées… Et toi ?
— J'ai regardé *Saw,* pour me changer les idées…
Le pied que se tranche à la scie l'un des personnages principaux de *Saw*; la meule que Charlotte Gainsbourg visse dans la cheville de Willem Dafoe.
Ma sœur et moi partons d'un même éclat de rire.
Un vrai fou rire, comme quand nous étions petites.

Il pleut dru. Je remonte la fermeture éclair de mon imperméable, et j'attaque la pente grise.
Je marche vite aujourd'hui.
Je ne me regarde pas dans la vitre de la pharmacie de l'angle, pas le moindre coup d'œil sur les rosiers de la cour.
Je ne m'assieds pas dans la salle d'attente. Je reste debout, mon imperméable à la main. Je suis prête.

Prête à entrer. Prête à hurler.
« Que mon père meure et qu'on en finisse. »

Marion a passé un long moment avec mon père. Elle voulait s'assurer une dernière fois de sa détermination.
Ils ont beaucoup parlé. Elle a tenté encore et encore de le dissuader, mais rien n'y a fait.
Sa belle voix ferme se voile. *André… snif.*

Je retrouve Serge à six heures et demie dans le hall de la clinique. Nous croisons Nicolas, les yeux rouges. Il me serre dans ses bras. Avant qu'il ne parte, je lui demande si mon père est seul.
Non. G.M. est avec lui.
Pascale arrive à son tour. Elle entrouvre son sac et me montre une flasque de whisky, pour nous remonter le moral en attendant l'ambulance.
Voilà G.M. Il nous salue, nous demande de l'appeler demain pour le tenir au courant. Il semble si ému que je m'engage à le faire. Pascale me foudroie du regard.

Notre père est fatigué, mais de bonne humeur.
Il énumère tous les amis venus le voir.
— Je me rends compte qu'il y a beaucoup de gens qui tiennent vraiment à moi.
— Et ils aimeraient tous que tu changes d'avis.

Il secoue énergiquement, presque joyeusement la tête.

— G.M. voulait venir avec moi dans l'ambulance, mais j'ai refusé. Je ne veux pas de *pleureuse.*

Pascale sort la flasque, elle a même pensé à prendre des gobelets en carton. Serge n'en veut pas. Mon père non plus, il n'en a pas bu depuis longtemps et il craint d'être malade au moment du départ.

Je n'ai pratiquement rien mangé, ni au Voltaire, ni depuis, et le whisky me brûle. Mais c'est bon.

Nous avons dit à la clinique que notre père s'absentait quarante-huit heures, il faut donc préparer ses affaires.

Je range dans son sac de voyage du linge propre, un pull-over, deux chemises et un paquet de couches tandis que Pascale s'occupe de la trousse de toilette.

Nous demanderons le pilulier à l'aide-soignante de nuit lorsqu'elle arrivera.

Tout est prêt.

Pascale remplit à nouveau nos gobelets.

La tête me tourne un peu.

Nous avons prévu de rester chacune seule un moment avec notre père. Quand ce sera le tour de ma sœur, j'irai acheter des amandes et des pistaches.

Serge se penche sur mon père et l'embrasse. De sa main gauche, mon père lui serre le bras.

— Au revoir, mon grand.
Serge s'en va.

On frappe à la porte.
J'ouvre.
L'infirmier et la sous-directrice de la clinique entrent dans la chambre.
Ils doivent nous parler, à ma sœur et à moi. Ils nous demandent de les suivre dehors.
Une fois sur le palier, la porte de la chambre refermée, ils nous apprennent qu'ils viennent de recevoir un coup de téléphone du commissariat de police de l'arrondissement.
Une main courante y a été déposée, signalant que notre père s'apprêterait à partir ce soir à dix heures et demie, en ambulance, pour la Suisse, afin d'y *commettre un acte épouvantable.*
— Un acte épouvantable ? Qu'est-ce que ça veut dire ?
— D'y être euthanasié, d'après ce que la police a compris.
Salopes de cousines américaines.
— Êtes-vous au courant de ce projet ?
— Nous savons que notre père doit se rendre ce soir en province, afin d'y régler demain des affaires personnelles. Il n'est pas prisonnier ici, il a le droit de sortir quand il le désire, non ?
— En effet. Nous ne pouvons pas l'en empêcher, mais la police, oui. Elle peut venir ici et bloquer l'ambulance.
— Qui les a appelés ?

— Ils ne nous l'ont pas dit. Nous allons poser quelques questions à votre père. Seul. Attendez ici.

— Et si on en profitait pour tout laisser tomber ? Papa ne pourra pas nous en vouloir, ce n'est pas de notre faute si ça a foiré.
— En tout cas, il faut décommander les ambulanciers. Ils ne peuvent pas venir ici.
Mais nos sacs et nos portables sont restés dans la chambre.
Je suis glacée. J'ai envie d'un autre whisky.

L'infirmier et la sous-directrice ressortent.
— Vous pouvez entrer.
Ils s'en vont.
Notre père est très agité.
— Qu'est-ce qui se passe ? Ils m'ont posé un tas de questions.
— Quelqu'un nous a dénoncés à la police.
— Mais qui a pu faire une chose pareille ?
— Quelqu'un à qui tu as encore raconté des histoires. Ce n'est pas sûr que tu arrives à partir, les flics veulent t'en empêcher.
Il commence à pleurer.
— C'est épouvantable !
Je finis mon whisky. Ma main est si crispée qu'elle écrase le gobelet.
— Il faut le faire sortir d'ici maintenant, sans attendre dix heures et demie. On commande un taxi, on va chez toi ou chez moi, et on demande à

l'ambulance de venir le chercher plus tard là où on sera.
J'appelle tout de suite un taxi PMR. La compagnie me met en attente.
Pascale emmitoufle notre père dans une grosse veste de laine bleu marine. Elle réunit les papiers – carte d'identité, livret de famille – et les fourre dans son sac.
Enfin, la musique d'attente s'interrompt.
Votre voiture sera là dans vingt minutes.
— C'est épouvantable.
— Calme-toi, Papa. Tout va bien. Personne ne peut nous empêcher de t'emmener dîner dehors.
Pascale téléphone aux ambulanciers, ils ne doivent pas venir à la clinique. Elle les rappellera plus tard pour leur dire où se rendre.
Elle explique à notre père le changement de programme.
Il s'apaise.
Nous nous resservons un peu de whisky.
Ça va mieux.
Le portable de ma sœur sonne.
Elle répond aussitôt. « *Oui, c'est moi.* »
Je la vois froncer les sourcils « *Non, non, nous avons juste l'intention d'emmener notre père dîner dehors, il en a le droit, non ?* »
Elle me fait signe de lui passer de quoi écrire. Un bic et *Le Monde.* Elle griffonne quelque chose « *… Non ce n'est pas la peine, je vais la prévenir moi-même.* »

Elle raccroche.
— Nous sommes convoquées au commissariat, à huit heures... Bon... Qu'est-ce qu'on fait de Papa ?
— On le met dans le taxi et on l'envoie chez moi où Serge le réceptionnera. Je l'appelle tout de suite.

— Mais je suis en train d'aller à la Cinémathèque pour l'ouverture de la rétrospective Buñuel.
— Je suis désolée, on ne peut pas faire autrement, il n'y a personne chez Pascale. Tant pis pour la Cinémathèque, il faut que tu rentres. Tu attends le taxi en bas, tu le règles, tu fais monter mon père à la maison, et on vous rejoint au plus vite.

La voie est libre, l'aide-soignante de nuit doit être à l'autre bout du couloir. J'appelle l'ascenseur.
Pascale y pousse le fauteuil de notre père.
Il est plus de sept heures, il n'y a personne à l'accueil.
Je tape le code de sortie ; cette fois, je m'en souviens.
Le taxi est là.
Nous y installons notre père. « Ne t'inquiète pas, tout va bien se passer. »
Je donne mon adresse au chauffeur.
Il démarre.
Il pleut. La rue est sombre. J'entoure de mon bras les épaules de ma sœur, et, serrées l'une contre l'autre, nous marchons vers sa voiture.

Pascale a trouvé une place à quelques rues du commissariat. Par précaution, nous effaçons de nos portables le numéro de la dame suisse, et arrachons de nos agendas les pages s'y rapportant. En les déchirant en morceaux, je pense à un de mes vieux amis qui, surpris par une perquisition de la police, avait dû mâcher et avaler ses papiers les plus compromettants.

Pascale se tourne vers moi.

— On y va ?

Pffffff. Elle empeste le whisky. Et moi aussi, sûrement.

Je secoue mon sac et j'entends un roulement de petites billes.

Des *Tic-Tac*.

Je fouille et je trouve la boîte bleue. Elle est presque pleine.

— Tiens.

J'en donne la moitié à ma sœur et je fourre le reste dans ma bouche.

Nous mâchons de toutes nos forces.

« Crom Crom ». Ça résonne dans la voiture.

La menthe est si forte que nous en avons les larmes aux yeux.

J'ai envie de rire. Et je vois que Pascale aussi.

Ce n'est pas le moment.

Un large perron mène au commissariat.
En haut des marches, il y a un homme, crâne rasé et blouson de cuir.
— Qu'est-ce que vous voulez ?
— Nous avons rendez-vous avec le capitaine Petersen.
Il nous dévisage.
— Ah c'est vous, *les sœurs*? Venez avec moi.

Nous le suivons. Un escalier, un autre ; un couloir obscur. Le commissariat est désert. Ici, n'importe quoi pourrait nous arriver.
Mes jambes sont lourdes, je crois que j'ai trop bu. Heureusement, il marche sans se presser. Je suis derrière lui, je vois, sous le bord-côte du blouson, l'étiquette de cuir de son jean.
L36 W32.
La même taille que Serge.
C'est idiot, mais ça me rassure.
Enfin, une pièce éclairée. L'homme au crâne rasé nous fait entrer.
— Capitaine Petersen…
Je découvre une grande fille blonde. Elle porte un jean taille basse très moulant, et un pull-over beige en V qui dégage son long cou. Le holster fait légèrement saillir son sein gauche sous le fin lainage.
Elle se tient fesses appuyées contre le bord du bureau, pieds croisés.
Une héroïne de série policière américaine.

Le rythme d'un générique – *New York Police criminelle* – bat contre mes tempes.
Poum poum pou pou pou poum.
L'espace d'un instant, je ne sais plus où je suis.
— Bonsoir *mesdames.*
Est-ce bien de nous qu'il s'agit ?
Elle nous serre la main. La force de sa poigne me réveille.
Ça y est, je suis là.
— Je veux tout d'abord vous dire que votre affaire m'embarrasse beaucoup. Je préférerais mille fois avoir une histoire de vol ou d'agression à régler. Ce serait bien plus simple. Bon. Il doit être clair que vous êtes ici pour être *entendues,* ce qui veut dire que vous n'êtes accusées de rien – du moins pas encore – et que vous êtes libres de partir quand vous le désirez. Mais vous devez savoir qu'il est de votre intérêt de répondre à nos questions. Dans la mesure où une main courante a été déposée, nos entretiens remonteront directement au bureau du procureur…
Le *district attorney,* je rêve.
Poum poum.
— Avons-nous le droit d'appeler un avocat ?
— Vous avez le droit d'appeler qui vous voulez. Je vous le répète, ce soir, vous êtes *entendues,* rien de plus.
Je respire à fond.
— Pouvons-nous savoir de quoi nous serions accusées ?
— Article 223-6 du Code pénal : Non-assistance à

personne en danger. Cinq ans d'emprisonnement et 75 000 euros d'amende.

— Mais dans le cas de notre père, le vrai danger était qu'il se laisse mourir de faim ou bien qu'il se charcute le poignet en essayant de se trancher les veines avec la main gauche.

Le long corps du capitaine Petersen semble se tasser.

— J'ai perdu mon frère l'année dernière, d'un effroyable cancer. Si j'avais pu abréger ses souffrances, croyez-moi, je l'aurais fait. J'aurais fait comme vous. C'est pour ça que votre histoire m'embête…

Je jette un coup d'œil à ma montre. 20 h 15. Si je veux appeler Georges, c'est maintenant, avant qu'il ne sorte dîner.

Il me répond tout de suite. Je lui explique où nous sommes.

— Une main courante ? Mais c'est absurde ! Passe-moi ce capitaine.

Je tends mon portable au capitaine Petersen.

— Bonsoir, maître… Oui… Non, pas encore… On va les entendre séparément…

Tout en parlant, elle marche de long en large. Ses boots font des petits bruits collants sur le lino.

— Je sais bien, mais le procureur… À moi non plus, ça ne me plaît pas… Je sais, je sais… Je vous la repasse, bonsoir maître…

Elle hoche la tête, me rend l'appareil.

— Emmanuèle ? Dites la vérité, ça devrait bien se

passer. L'important est que vous disiez la même chose. Et rappelle-moi s'il y a quoi que ce soit.
Le capitaine Petersen écarte les bras d'un geste désolé.
— L'une de vous va rester avec moi, l'autre ira avec mon collègue… Et nous nous retrouverons après.

Je laisse Pascale avec Petersen, et je suis l'homme au crâne rasé dont je n'ai pas saisi le nom.
Mon portable sonne. C'est Serge.
Ça ne va pas, le fauteuil de mon père ne rentre pas dans l'ascenseur.
— Emmène-le au café.
Mon flic entre dans un petit bureau éclairé au néon.
L'unique fenêtre est fermée. À travers la vitre sale, j'aperçois du grillage.
Il me désigne une chaise.
— Asseyez-vous.
Il allume un ordinateur dont je ne peux voir l'écran.
— Nous sommes en réseau, avec ma collègue. Comme ça nous pourrons comparer vos réponses.
D'abord, mon état civil.
À la vitesse à laquelle il tape avec ses deux index, je ne sortirai jamais d'ici.
L'effet du whisky se dissipe. Je transpire et j'ai froid.
Il m'interroge sur mon père, sa maladie, son état.

Je lui raconte tout.
Ses doigts s'immobilisent sur le clavier chaque fois qu'il consulte l'écran.
À sa façon d'ânonner ses questions, je devine qu'il les lit, et que ce sont celles que le capitaine Petersen vient de poser à ma sœur.
Deux brèves vibrations dans mon sac.
— Vous permettez que je regarde ?
— Pas de problème.
C'est un message de Serge : *Au café du coin. Tu me préviens.*
Je réponds : *un peu + long que prévu.*

« Pourquoi est-ce à vous que votre père s'est adressé ? »
« Quelles sont vos relations avec lui ? »
« Cette volonté d'en finir, elle vient de votre père ? »
« Quand vous en a-t-il parlé pour la première fois ? »
« Avait-il auparavant manifesté cette volonté ? »
« En a-t-il fait part à de tierces personnes ? »
« Lesquelles ? »

La lumière du néon vacille et me donne mal à la tête. Est-ce fait exprès pour me déstabiliser, comme dans les films ?

« Vous auriez pu refuser de l'aider, pourquoi ne l'avez-vous pas fait ? »
« Avez-vous tenté de l'en dissuader ? »

« Comment êtes-vous entrée en contact avec cette association suisse ? »

SMS de Serge, mes yeux secs me brûlent, j'arrive à peine à déchiffrer : *Je ne sais pas quoi faire. Le bistrot va fermer, il pleut et ton père a froid.*
Je tape : *Mettez-vous dans le hall de l'immeuble. Et monte chercher de quoi le couvrir.*
J'ai besoin d'air. La pièce sent le renfermé. Je n'ose pas demander d'ouvrir la fenêtre.

« En cas de décès de votre père, à qui reviendraient ses biens ? »
« Sous quel régime vos parents sont-ils mariés ? »
« Où se trouve leur contrat de communauté de biens ? »
« Quel est le rôle de votre mère dans tout ça ? »
« De quelle maladie souffre-t-elle ? »
« Vous dites que votre père ne peut plus écrire, alors quelle preuve avez-vous de sa décision ? »
« Et où se trouvent ces films ? »
« Qui les a remis à votre notaire ? »

Rrrr… rrrr… : *Pas de nouvelles ! La situation devient alarmante…*

« À quelle heure votre père devait-il partir ? »
« Où se trouve-t-il actuellement ? »
« Il se trouve avec la personne qui vous envoie des messages, n'est-ce pas ? »
« Qui est-ce ? »

Mon flic repousse sa chaise, passe sa main sur son crâne rasé, et s'étire.
Il appuie sur le bouton d'une imprimante.
— Vous voulez un café ? un verre d'eau ?
— De l'eau, s'il vous plaît.
Il se lève et attrape une grande bouteille d'eau minérale et un verre dont il vérifie la propreté dans la lumière tremblotante.
— Tenez.
Je bois. J'avais la gorge sèche.
Il me ressert avant de porter la bouteille à ses lèvres.
Des pas dans le couloir, la porte du bureau s'ouvre sur Pascale et le capitaine Petersen.
— Je vous laisse tous les trois, le temps d'appeler le procureur de nuit… Ça ne devrait pas être long.
Mon flic lui tend la liasse de feuillets sortis de l'imprimante, et le capitaine disparaît.
Pascale s'assied à côté de moi.
— Ça va ?
— Oui, et toi ?
— Très bien.
Mon flic entrouvre la fenêtre.
De l'air frais, enfin. Je respire à fond.
— Ce serait possible de savoir qui nous a dénoncés ?
Il secoue la tête.
— Je n'ai malheureusement pas le droit de vous le dire. Mais ça ne devrait pas vous être trop difficile de deviner.

Je regarde Pascale.
— J'ai du mal à croire que quelqu'un de notre famille – notre cousine –, même si elle a menacé de le faire, aurait pu nous *dénoncer*.
— Alors c'est la clinique, pour se couvrir.

Le capitaine Petersen revient. Elle est belle.
— J'ai parlé au procureur. Ça va. Vous pouvez y aller.
Pour la première fois, le flic au crâne rasé nous sourit, et c'est soudain un très jeune homme.
— Moi, si j'étais à votre place, je remettrais le départ de mon père à plus tard, le temps de tout border avec mon avocat.
Le capitaine Petersen secoue la tête.
Ils discutent un instant entre eux, puis elle nous entraîne dans le couloir.
— Je vous raccompagne.
Arrivée en haut du grand perron, elle nous sourit, ses yeux brillent, il me semble y voir des larmes.
— Est-ce que je peux vous embrasser ?
Elle nous embrasse.
Et nous sourit encore.
— Faites ce que votre cœur vous dit.

Pascale allume une cigarette. Je respire sa fumée. Nous marchons en silence. Je me retourne. Sur la grande façade noire du commissariat, deux fenêtres éclairées, tels deux yeux brillants, nous regardent. Le néon de l'une d'elles vacille, rapide comme un clin d'œil.
Faites ce que votre cœur vous dit.

Il est tard, ça roule bien. Tandis que Pascale conduit, j'appelle les ambulanciers et je leur donne mon adresse. Ils seront là dans une demi-heure au plus tard.
Puis je préviens Serge que nous arrivons – *c'est pas trop tôt* – et je laisse un message sur le répondeur de Georges, lui demandant de me rappeler dès que possible.
Il est onze heures et demie.

Le fauteuil roulant de notre père est au pied de l'ascenseur, le coussin d'assise gisant par terre. Pascale le ramasse, le remet en place sur le siège vide.

Mon père est assis sur une chaise, face à la porte d'entrée. Il sursaute en nous voyant.
— Où est-ce que vous étiez passées?
— Au commissariat, interrogées par la police.
— Bon alors, qu'est-ce qu'on fait?
— Tu tiens toujours à partir?
— Encore plus qu'avant, avec cette histoire.

Serge me serre contre lui.
Je lui résume l'interrogatoire.
Je ne l'ai jamais vu aussi pâle.
— Et vous, ça n'a pas été trop pénible?
Sa voix sort à peine lorsqu'il me raconte la panique de mon père qui ne cessait de répéter *c'est foutu, c'est foutu* en secouant la tête, ses diffi-

cultés à le porter dans l'ascenseur, puis à le tenir dans ses bras tout en essayant de glisser la clé dans la serrure, et, sitôt la porte ouverte, leur chute, par terre, dans l'entrée, l'un sur l'autre, entraînés par le poids mort du corps de mon père.

— Repose-toi.

Il s'abat sur le lit.

J'aurais pu le croire évanoui si, au bout de quelques secondes, je ne l'avais pas entendu ronfler. Je referme doucement la porte.

Georges ne répond toujours pas, je lui laisse un second message.

Les yeux de mon père sont écarquillés.

— Bon, Papa, tu vas partir, mais si jamais Kiejman trouve que c'est trop risqué pour nous, on rappellera l'ambulance, et tu reviendras.

Il secoue la tête avec force.

— Non ! Démerdez-vous. Il n'est pas question que je revienne.

Bzzzzzzzzz. L'interphone. Ce sont les ambulanciers.

Mon père soupire.

— Enfin.

Son visage s'éclaire dès qu'il les reconnaît.

— J'espérais que ce serait vous !

Ils l'ont déjà transporté plusieurs fois, pour des visites de contrôle à Broca, et plus récemment à Cochin, lors de son malaise.

Il s'est redressé, il semble même avoir grandi.

Je m'attends presque à le voir se lever et marcher.

Pascale donne la carte d'identité et le livret de famille aux ambulanciers. Ils en auront sans doute besoin au passage de la frontière et, une fois arrivés là-bas, ils les remettront à la personne qui les accueillera.
Ils n'auront pas de problème pour trouver l'appartement. Ma sœur, qui pense à tout, leur a envoyé par mail un itinéraire détaillé. Et en plus, ils ont un GPS.
Ils établiront la facture au retour.
Voilà.
— On vous confie notre père, alors attention… En cas de problème, vous avez nos numéros, vous savez où nous joindre, hein ?
— Ça devrait bien se passer.
Mon père s'impatiente.
— Bon alors, on y va ?
Les deux hommes s'apprêtent à le soulever.
— Attendez ! Très important ! Nuèle ! Je suis parti de la clinique avant qu'on me donne mon somnifère. Comment je vais faire pour dormir ?
J'ai du Stilnox.
Il veut le prendre maintenant. Je lui apporte de l'eau.
Il avale son comprimé, boit quelques gorgées, et me rend le verre.
Il sourit.
— Tout s'arrange.
Ses joues ont repris des couleurs, son visage est rond.
Tous les bébés ressemblent à André.

Ils sont dans l'ascenseur.
Nous les suivons à pied.
J'ai pris dans mon placard une écharpe en laine polaire bleu marine, chaude et douce, pour qu'il n'ait pas froid.

Ça y est.
Notre père est installé dans l'ambulance, couché.
— Je suis très bien, là.
Il a l'air heureux.
Pascale s'engouffre à l'intérieur pour l'embrasser.
Cela ne dure pas très longtemps.
Elle ressort. Je n'ose pas la regarder.
À moi.
Je noue l'écharpe autour de son cou. Le bleu marine lui va bien. Il est beau.
— Papa…
— Bon… ben… au revoir…
Je regarde sa petite bouche, son nez, et, pour la dernière fois, ses yeux qui brillent.
Je l'embrasse.
Il me repousse doucement.
Je ne veux pas de pleureuse.
Je sors.
Nous restons toutes les deux l'une contre l'autre, plantées sur le trottoir devant la porte béante.
L'un des ambulanciers s'approche pour fermer.
Notre père nous rappelle.
— Ah… une dernière chose…

J'échange un bref regard avec ma sœur. Il va nous remercier d'avoir été là, nous dire qu'il nous aime.
Il dira *mes filles* tendrement, *mes filles chéries.*
Nous entrons d'un même mouvement dans l'ambulance, cou tendu vers notre père ; déjà émues, nous retenons notre souffle.
— En tout cas… j'aimerais…
Il cherche ses mots. Je ferme les yeux. J'attends.
— … j'aimerais bien que vous essayiez de savoir qui m'a fait cette saloperie.
— Oui Papa.
Nous ressortons.
L'ambulancier fait coulisser la porte, bloque la poignée, nous serre la main et monte à l'avant.
Le cul blanc de l'ambulance s'éloigne et disparaît au bout de la rue déserte.
Et voilà.

Nous reprenons l'ascenseur. Dans l'étroite cabine, ma sœur est tout près de moi, mon bras contre le sien. J'ai soudain besoin de la toucher. Je l'attire contre moi. Elle referme ses bras autour de ma taille. Je respire ses cheveux, j'ai envie de m'y enfouir.
Restons comme ça, serrées l'une contre l'autre, pour toujours, et n'ayons plus peur de rien.
Au moment où l'ascenseur s'immobilise sur le palier, j'entends mon portable sonner dans l'appartement. C'est sûrement Georges. Les bat-

tants métalliques s'écartent, je me précipite pour répondre.
C'est bien lui. Je lui raconte vite les interrogatoires, le coup de fil au procureur de nuit, mais je tais *faites ce que votre cœur vous dit.*
J'ajoute que mon père vient de partir.
Georges soupire.
— Quand comptez-vous y aller, demain ?
— Je serai seule. La dame suisse m'a demandé d'être sur place à quinze heures, pour les formalités de police et cætera.
— Non. Après ce qui s'est passé cette nuit, tu ne bouges pas de Paris tant qu'elle ne t'a pas prévenue. Tu partiras d'ici quand tout sera réglé là-bas. C'est bien compris ?
— Oui.
Je répète ça à Pascale.
Son estomac gargouille.
— Tu n'aurais pas quelque chose à manger ?
J'ouvre le frigidaire ; du saucisson, du fromage, du beurre.
La baguette est un peu rassise, toastons-la.
Du vin ?
Évidemment.
Et toutes les deux, seules au beau milieu de la nuit, devant notre casse-croûte, dans la chaude odeur du pain grillé, nous trinquons.
« À nous. »

Pascale est rentrée chez elle.

Serge ronfle toujours.

Je ne me couche pas. À quoi bon ? Même si je n'ai jamais été aussi fatiguée, je n'ai pas sommeil. Et je ne prendrai pas de Lexomil. Je n'en ai pas besoin, je ne suis pas angoissée, j'ai la tête vide.

Je m'allonge sur le canapé du salon. Ni lecture ni télévision, je n'ai envie de rien.

Je me relève.

Et si je sortais ? Je regarde par la fenêtre, il pleut toujours.

Je vais dans mon bureau, et j'annule les billets de train.

J'envoie un mail à Catherine Klein pour l'avertir que nous ne partons plus à Berne demain matin, mais que j'irai seule dans l'après-midi.

Et je garde ma chambre à l'hôtel Bellevue.

Je vais sur la page d'accueil de Google Maps.

Départ : Ma position actuelle.

Arrivée : Berne, Suisse.

Voyons l'itinéraire.

Ils sont partis depuis trois heures. Donc, en roulant sans se presser, ils doivent être en ce moment sur l'A6, près d'Éguilly.

Je regarde fixement le gros tracé bleu, comme si j'allais y distinguer l'ambulance, minuscule point blanc filant vers la droite de l'écran.

Peu à peu mes yeux se ferment, le sommeil vient.

Suspendre l'activité.

Je retourne sur le canapé du salon.

J'ai dormi trois heures.
Je mets en marche la cafetière, et me revoilà devant la feuille de route.
Ils viennent sans doute de passer la frontière suisse.
Bientôt, ils longeront le lac de Neuchâtel.
Google Maps indique que le trajet nécessite une cinquantaine de litres de carburant. Ils ont sûrement fait le plein en France.
Dans la station-service, ils ont ouvert les portes arrière de l'ambulance. Mon père s'est réveillé, il a respiré l'air frais du petit matin.
Peut-être même a-t-il vu le soleil se lever.

J'ai envie d'un bain chaud.
Serge dort encore. Il s'est déshabillé pendant la nuit. Je traverse la chambre sans faire de bruit.
Je me lave les cheveux, je me savonne. La sueur froide d'hier, la pluie sale, j'efface tout.
Je suis propre.
Et mon père ?
Je sors de l'eau.
Dans la précipitation du départ, nous n'avons pas parlé de *ça* avec les ambulanciers.
A-t-il besoin d'être changé ?
J'ai soudain envie de pleurer.
Pourvu que mon père ne meure pas dans sa merde.

L'odeur du café me donne envie de vomir.
Je retourne dans mon bureau.

Il faut que je prévienne la dame suisse que je ne serai pas là à quinze heures comme prévu.
Sur son portable, je laisse un message après une annonce en allemand à laquelle je ne comprends rien.
Et j'en laisse un autre sur le répondeur de l'Association.
Elle me rappellera sûrement très vite.

J'envoie un SMS à Pascale. *Ça va ?*
Sa réponse arrive aussitôt : *Je somnole, me sens lourde, vidée, faim, malalagorge. Mais sinon, oui, ça va. Et toi ?*
Pareil, sauf pas faim ni malalagorge.
Mange un truc.
Peux pas. Nouée.
Je pense que tt va bien se passer mais prends des forces.

Serge s'est levé. Il est encore très pâle.
Je préfère ne pas lui reparler d'hier soir.
Alors je ne parle de rien.
Il me beurre une tartine, j'en mange un peu.

Je reste seule dans l'appartement.
Si j'en crois Google Maps, ils devraient être presque arrivés.
Il est huit heures et demie.
Que vont-ils faire pendant trois heures ?

La sonnerie de mon portable me fait sursauter.
C'est Pascale.

Les ambulanciers viennent de l'appeler.
Presque arrivés, ils ont pris leur petit déjeuner avec notre père.
Ils ont bavardé, rigolé ensemble, jusqu'au moment où mon père, d'excellente humeur, leur a appris ce qu'il allait faire en Suisse.
Les ambulanciers l'ignoraient, sinon ils n'auraient jamais accepté de l'emmener.
Ils sont musulmans.
Le suicide est contraire à leur religion. Ils ne peuvent en être complices.
Ils ont décidé de ramener notre père à Paris.
Je l'interromps.
— Tu plaisantes ?
— Non !
— C'est pas possible.
— Non, c'est pas possible. Alors je leur ai dit que la décision appartenait à Papa et que c'était à lui de les convaincre. Pas à nous. Qu'ils se débrouillent avec lui.
— Qu'est-ce qu'ils vont faire ?
— Aucune idée. Si tu veux leur numéro de portable, le voilà. Moi, je ne veux plus m'en mêler, et tu ferais bien d'en faire autant.
Je note.
Je les appellerai un peu plus tard.

Daniel, Marion, Micheline, Henry, et d'autres amis de mon père me téléphonent.

Tous sont abasourdis en apprenant ce qui s'est passé hier soir.

Il est dix heures.
Je rappelle les ambulanciers. Répondeur.
Le portable de la dame suisse. Répondeur.

Dix heures et demie, pareil.

Onze heures, rien.

Je fais les cent pas, je m'assieds dans le canapé, je me relève, me rassieds.
Toutes les deux minutes, je vérifie que mon portable capte, que sa batterie est pleine, que la sonnerie est activée.
À chaque fois, le fond d'écran me saute au visage, une photo de Serge, dans le salon, un après-midi de lumière.
Dorénavant, elle me rappellera toujours ce matin gris.
Alors, quand tout sera fini, hop, je l'effacerai.

Onze heures et demie. Que se passe-t-il ?
Mon père est-il arrivé à l'appartement ? ou en train de rentrer à Paris ?
Comment savoir ?

Mon portable sonne, je saute en l'air.
Je reconnais la voix de G.M.
Non. Pas de nouvelles.

Je lui raconte brièvement l'horrible soirée d'hier.
Il bafouille quelque chose, j'entends que *des gens qu'il connaît* auraient *appelé un commissariat* et il raccroche.

Et si c'était lui qui nous avait balancées ?
J'entends le flic au crâne rasé « *Ça ne devrait pas vous être trop difficile de deviner* ».
Pascale avait déposé une main courante à l'encontre de G.M. dans ce même commissariat il y a quelques mois.
C'est lui, j'en suis sûre.

Je raconte tout à Pascale. Elle pense comme moi. Deux ou trois coups de téléphone, quelques recoupements, et nous en avons la certitude.
C'est G.M. qui nous a dénoncées.
Pour se venger ? par dépit d'avoir été tenu à l'écart ? par amour pour notre père et pour l'empêcher de partir ?
Dans tous les cas, c'est immonde.

Midi. Toujours rien.
Je suis assise en tailleur sur le canapé. J'ai des fourmis dans les jambes, mais je ne bouge pas. Je regarde – chiffres rouges en façade du décodeur – les minutes passer. Parfois, j'aperçois mon reflet immobile dans l'écran noir du téléviseur, juste au-dessus.

Treize heures. Je déplie mes jambes, j'ai mal aux genoux, aux chevilles. L'appartement est grand, je peux prendre mon téléphone avec moi, mais non, je reste sur le canapé.
Il me semble que je n'ai nulle part ailleurs où aller.

Me suis-je endormie ? Il est quatorze heures trente. *Derrick* vient sans doute de finir. Mon père ne le ratait presque jamais à la clinique.
Maintenant, la musique du générique résonne dans ma tête, sifflée par mon père, entre ses dents.

Mon portable sonne. Un numéro interminable s'affiche.
La dame suisse.
— Madame Bernheim ?
Oui.
— Tout s'est bien passé.
Je me lève d'un bond. J'ai la tête qui tourne.
— Alors votre père était de bonne humeur, il a bu la première potion, et puis la deuxième, il l'a trouvée amère, il a dit qu'il aimait mieux le champagne. Nous avions mis de la musique, un quatuor de Beethoven, et il s'est endormi. Et… j'ai eu vos messages. Ce n'est pas la peine que vous fassiez le déplacement. La police est venue, les pompes funèbres aussi, les formalités sont faites. Tout s'est bien passé.
— Vous étiez près de lui quand il est mort ?
— Oui, je lui ai tenu la main. La main gauche.

Je sens les larmes couler sur mes joues.
Alors je raccroche.

Et j'appelle Pascale.
Ma sœur.

DU MÊME AUTEUR

Aux Éditions Gallimard

UN COUPLE («Folio», *n° 2667*).

SA FEMME. Prix Médicis 1993 («Folio», *n° 2741*).

VENDREDI SOIR («Folio», *n° 3287*).

STALLONE («Folio», *n° 4025*).

TOUT S'EST BIEN PASSÉ («Folio», *n° 5780*).

Aux Éditions Denoël

LE CRAN D'ARRÊT («Folio», *n° 2614*).

COLLECTION FOLIO

Dernières parutions

5647. Marc Dugain	*Avenue des Géants*
5649. Sempé-Goscinny	*Le Petit Nicolas, c'est Noël !*
5650. Joseph Kessel	*Avec les Alcooliques Anonymes*
5651. Nathalie Kuperman	*Les raisons de mon crime*
5652. Cesare Pavese	*Le métier de vivre*
5653. Jean Rouaud	*Une façon de chanter*
5654. Salman Rushdie	*Joseph Anton*
5655. Lee Seug-U	*Ici comme ailleurs*
5656. Tahar Ben Jelloun	*Lettre à Matisse*
5657. Violette Leduc	*Thérèse et Isabelle*
5658. Stefan Zweig	*Angoisses*
5659. Raphaël Confiant	*Rue des Syriens*
5660. Henri Barbusse	*Le feu*
5661. Stefan Zweig	*Vingt-quatre heures de la vie d'une femme*
5662. M. Abouet/C. Oubrerie	*Aya de Yopougon, 1*
5663. M. Abouet/C. Oubrerie	*Aya de Yopougon, 2*
5664. Baru	*Fais péter les basses, Bruno !*
5665. William S. Burroughs/ Jack Kerouac	*Et les hippopotames ont bouilli vifs dans leurs piscines*
5666. Italo Calvino	*Cosmicomics, récits anciens et nouveaux*
5667. Italo Calvino	*Le château des destins croisés*
5668. Italo Calvino	*La journée d'un scrutateur*
5669. Italo Calvino	*La spéculation immobilière*
5670. Arthur Dreyfus	*Belle Famille*
5671. Erri De Luca	*Et il dit*
5672. Robert M. Edsel	*Monuments Men*
5673. Dave Eggers	*Zeitoun*
5674. Jean Giono	*Écrits pacifistes*

5675. Philippe Le Guillou — *Le pont des anges*
5676. Francesca Melandri — *Eva dort*
5677. Jean-Noël Pancrazi — *La montagne*
5678. Pascal Quignard — *Les solidarités mystérieuses*
5679. Leïb Rochman — *À pas aveugles de par le monde*
5680. Anne Wiazemsky — *Une année studieuse*
5681. Théophile Gautier — *L'Orient*
5682. Théophile Gautier — *Fortunio. Partie carrée. Spirite*
5683. Blaise Cendrars — *Histoires vraies*
5684. David McNeil — *28 boulevard des Capucines*
5685. Michel Tournier — *Je m'avance masqué*
5686. Mohammed Aïssaoui — *L'étoile jaune et le croissant*
5687. Sebastian Barry — *Du côté de Canaan*
5688. Tahar Ben Jelloun — *Le bonheur conjugal*
5689. Didier Daeninckx — *L'espoir en contrebande*
5690. Benoît Duteurtre — *À nous deux, Paris !*
5691. F. Scott Fitzgerald — *Contes de l'âge du jazz*
5692. Olivier Frébourg — *Gaston et Gustave*
5693. Tristan Garcia — *Les cordelettes de Browser*
5695. Bruno Le Maire — *Jours de pouvoir*
5696. Jean-Christophe Rufin — *Le grand Cœur*
5697. Philippe Sollers — *Fugues*
5698. Joy Sorman — *Comme une bête*
5699. Avraham B. Yehoshua — *Rétrospective*
5700. Émile Zola — *Contes à Ninon*
5701. Vassilis Alexakis — *L'enfant grec*
5702. Aurélien Bellanger — *La théorie de l'information*
5703. Antoine Compagnon — *La classe de rhéto*
5704. Philippe Djian — *"Oh..."*
5705. Marguerite Duras — *Outside* suivi de *Le monde extérieur*
5706. Joël Egloff — *Libellules*
5707. Leslie Kaplan — *Millefeuille*
5708. Scholastique Mukasonga — *Notre-Dame du Nil*
5709. Scholastique Mukasonga — *Inyenzi ou les Cafards*
5710. Erich Maria Remarque — *Après*
5711. Erich Maria Remarque — *Les camarades*

5712.	Jorge Semprun	*Exercices de survie*
5713.	Jón Kalman Stefánsson	*Le cœur de l'homme*
5714.	Guillaume Apollinaire	*« Mon cher petit Lou »*
5715.	Jorge Luis Borges	*Le Sud*
5716.	Thérèse d'Avila	*Le Château intérieur*
5717.	Chamfort	*Maximes*
5718.	Ariane Charton	*Petit éloge de l'héroïsme*
5719.	Collectif	*Le goût du zen*
5720.	Collectif	*À vos marques !*
5721.	Olympe de Gouges	*« Femme, réveille-toi ! »*
5722.	Tristan Garcia	*Le saut de Malmö*
5723.	Silvina Ocampo	*La musique de la pluie*
5724.	Jules Verne	*Voyage au centre de la terre*
5725.	J. G. Ballard	*La trilogie de béton*
5726.	François Bégaudeau	*Un démocrate : Mick Jagger 1960-1969*
5727.	Julio Cortázar	*Un certain Lucas*
5728.	Julio Cortázar	*Nous l'aimons tant, Glenda*
5729.	Victor Hugo	*Le Livre des Tables*
5730.	Hillel Halkin	*Melisande ! Que sont les rêves ?*
5731.	Lian Hearn	*La maison de l'Arbre joueur*
5732.	Marie Nimier	*Je suis un homme*
5733.	Daniel Pennac	*Journal d'un corps*
5734.	Ricardo Piglia	*Cible nocturne*
5735.	Philip Roth	*Némésis*
5736.	Martin Winckler	*En souvenir d'André*
5737.	Martin Winckler	*La vacation*
5738.	Gerbrand Bakker	*Le détour*
5739.	Alessandro Baricco	*Emmaüs*
5740.	Catherine Cusset	*Indigo*

261314

Composition Dominique Guillaumin
Impression Novoprint
à Barcelone, le 05 septembre 2014
Dépôt légal : septembre 2014

ISBN 978-2-07-045706-9./Imprimé en Espagne.